Die Sklavin Isaura

Bernardo Guimarães

Die Sklavin Isaura

vgs

Aus dem Portugiesischen von
Barbara Winter-Petz

CIP-Kurztitelaufnahme der Deutschen Bibliothek

Guimarães, Bernardo:
Die Sklavin Isaura / Bernardo Guimarães.
[Aus d. Portugies. von Barbara Winter-Petz]. –
Köln : vgs, 1987.
(Edition Telenovela)
Einheitssacht.: A escrava Isaura <dt.>
ISBN 3-8025-2171-4

Originaltitel der brasilianischen Ausgabe: *A Escrava Isaura*
Satz: ICS Communikations-Service GmbH, Bergisch Gladbach
Schutzumschlag: Grafik-Design Hübler, Köln
Umschlaglitho: Miess & Voswinkel, Köln
Druck: May + Co, Darmstadt
Printed in Germany
ISBN 3-8025-2171-4

BIOGRAPHISCHE DATEN

1825
Bernardo Joaquim da Silva Guimarães wird am 15. August in der Stadt Ouro Preto im brasilianischen Bundesstaat Minas Gerais geboren.

1829
Die Familie Guimarães zieht um nach Uberaba, wo Bernardo eingeschult wird; später beendet er die Sekundarschule in Campo Belo und Ouro Preto.

1847
Bernado läßt sich an der juristischen Universität „Faculdade de Direito do Largo de São Francisco" in São Paulo immatrikulieren. Er wird zum Freund von Álvares de Azevedos, berühmter brasilianischer Dichter (1821–1832), mit dem er an der „Epikureischen Gesellschaft" teilnimmt, deren Ziel die Einführung der „byronschen Bohème" in Saõ Paulo ist.

1852
Guimarães erhält das Bakkalaureat der Rechte durch die „Faculdade de Direito de São Paulo". Veröffentlicht seinen ersten Gedichtband „Einsame Gesänge". Wird zum Richter am Amtsgericht Catalão, Bundesstaat Goiás, ernannt.

1860
Beginnt seine journalistische Tätigkeit in Rio de Janeiro als literarischer Kritiker der Zeitschrift „Atualidade".

1861
Kehrt als Richter an das Amtsgericht Catalão, Goiás, zurück.

1867
Kehrt zurück nach Ouro Preto, wo er heiratet und sich seiner Lehrtätigkeit auf den Gebieten der Rhetorik und Poetik am „Liceu Mineiro" widmet.

1869
Veröffentlicht seinen ersten Roman „Der Einsiedler von Muquém".

1872
Veröffentlicht seinen Roman „Der Priesterschüler", in dem er das Problem des Zölibats behandelt.

1873
Erhält das Lehramt für Latein und Französisch am „Liceu de Queluz", Minas Gerais.

1875
Veröffentlicht den Roman „Die Sklavin Isaura", dessen Thema die Sklaverei ist.

1884
Bernardo Guimarães stirbt am 10. März in Ouro Preto. Er ist der Schutzherr des Sitzes Nummer 5 der Brasilianischen Literaturakademie.

VORBEMERKUNG

Fee? Engel? Göttin? Sklavin!

Indem er die Ereignisse seines Romans „in den ersten Jahren der Regierung D. Pedro II." stattfinden ließ und das Drama einer offensichtlich weißen, gebildeten und schönen Sklavin zum Thema nahm, wollte Bernardo Guimarães dem damaligen Publikum – man schrieb das Jahr 1875 – deutlich machen, was für ein „verabscheuungswürdiges und scheußliches" Verbrechen die Sklaverei und die Herabwürdigung des Menschen aufgrund des Standesunterschiedes darstellten.

Obwohl der Roman ein ernstes gesellschaftliches und menschliches Problem zum Inhalt hat, nämlich die Versklavung der Farbigen in Brasilien, ist sein Grundthema die Liebe oder das Liebesleid. Es geht darin um die Liebe einer unseligen Sklavin, die den Gegenstand ihrer Gefühle nicht frei wählen darf, und um die selbstsüchtige Liebe ihres Herrn, der unfähig ist zu begreifen, daß ihm als Eigentümer der Sklavin nicht zwangsläufig auch ihr Herz gehört.

Noch bevor uns die äußere Erscheinung der Sklavin beschrieben wird, werden wir mit ihrer Tragödie konfroniert. Gleich im Anschluß daran führt uns der Autor in das Empfangszimmer des prächtigen Gutes, zu dem Isaura gehört.

Die reinen und sanften Züge ihres Profils, die Schönheit ihrer Haare, die ihr „in dichten und glänzenden Locken auf die Schultern herabstürzen", stehen in krassem Widerspruch zu ihrer sozialen Rolle. Sie sind, wie die Sklavin sagt, „Luxusdinge in der Sklavenhütte des Afrikaners".

Im zweiten Kapitel erscheint Leôncio, Isauras Herr. Die minutiöse Beschreibung seiner Vergangenheit soll dazu dienen, seinen Charakter deutlich zu machen: Als Kind war er ein „schlechter Schüler und ein unverbesserliches Kind, aufsässig und unfolgsam"; als Heranwachsender schröpft er

„gnadenlos den elterlichen Geldbeutel“, bis er in der Heirat mit Malvina „das schmerzloseste und selbstverständlichste Mittel zum Erwerb eines eigenen Vermögens“ findet.
Im neunten Kapitel wird eine weitere, für den Ablauf der Handlung wichtige Figur eingeführt. Álvaro ist ein reicher Erbe aus einer „geachteten und vermögenden Familie“, ein leidenschaftlicher Gegner der Sklaverei. Er haßt, wie der Autor betont, „alle gesellschaftlichen Privilegien und Standesunterschiede“. Er lernt Isaura kennen, die sich, um Leôncios Verfolgungen zu entkommen, nunmehr Elvira nennt, und verliebt sich in sie. Isaura wird auf einem Ball der feinsten Gesellschaft als die Sklavin erkannt, die vom Gut des Herrn Leôncio Gomes da Fonseca entflohen war. Álvaro verläßt sie nicht und schwört, sie von ihrem gemeinen Herrn und von der Sklaverei zu befreien.
Es bildet sich das übliche Dreieck der volkstümlichen Romane jener Zeit: Bösewicht, Heldin und Held.
Da sich das Buch an die Konventionen der Romantik hält und die physiognomischen Züge der Figuren stets ihrem sozialen Verhalten entsprechen, fällt es dem Leser nicht schwer, das Ende der Geschichte zu erraten. Das Gute siegt über das Böse, und dies führt zwangsläufig zum erhofften Schluß: Isaura und Álvaro finden zusammen.
Offensichtlich besteht das größte Hindernis, das der „Held“ zu überwinden hat, in der Tatsache, daß Isaura eine Sklavin und somit das rechtmäßige Eigentum Leôncios ist. Indem er sie heiratet, trotzt er allen damals gültigen gesellschaftlichen Konventionen.
Wegen des Mangels an Tiefe, mit dem die Romanfiguren dargestellt werden, bleiben sie ohne aufsteigende Entwicklungslinie; sie behalten ihre guten wie schlechten Eigenschaften für den gesamten Verlauf der Handlung.
Vom Anfang bis zum Ende der Geschichte ist Isaura eine demütige Sklavin, die ihren Platz in der Gesellschaft kennt.

Mit Sanftmut und Resignation erträgt sie die Nachstellungen Leôncios, die Anträge Henriques, die Verdächtigungen Malvinas. Sie läßt dies alles über sich ergehen, ohne sich aufzulehnen, denn sie hört niemals auf, sich wie eine Sklavin zu fühlen, obwohl ihr eine Erziehung zuteil geworden war, wie sie „viele reiche und illustre Damen der Gesellschaft nicht genossen haben".

In der Spinnerei, inmitten all der anderen Sklaven, macht sie sich „ohne ein Zeichen des Widerwillens oder der Demütigung" an die Arbeit und erträgt mit Passivität die Provokationen der Sklavin Rosa, die zutiefst gekränkt ist, weil Leôncio sie Isauras wegen schnöde vernachlässigt.

Bei den übrigen Figuren entspricht die Beschreibung ihres Aussehens und ihrer Gesichtszüge fast gänzlich ihrem sozialen Verhalten. Wie bereits gesagt wurde, überraschen sie den Leser zu keinem Augenblick. Ihre Handlungsweise ist dem Bild implizit, das der Autor von ihnen entwirft.

Als er behauptet, daß Leôncio mit einem „leeren Gehirn" aus Europa zurückgekehrt, daß „seine Seele korrumpiert war und sein Herz verdorben durch die Ausschweifungen seines unsittlichen Lebens", deutet er bereits das Verhalten an, das Leôncio gegenüber Isaura und Malvina, seiner Ehefrau, an den Tag legen wird.

Bei der Beschreibung Álvaros hebt er dessen „originelle Seele, voller hoher und großzügiger Erwartungen" hervor. Sein edler Charakter und der Mut, gegen die Werte der Gesellschaft anzukämpfen, der er angehört, zeichnen stets sein Verhalten aus.

In bezug auf die Nebenfiguren ist die Verfahrensweise dieselbe. Miguel, Isauras Vater, ist ein Aufseher, der sich nicht in die allgemeinen Vorstellungen von diesem Beruf fügt. Weit davon entfernt, „das von den Sklaven am meisten gehaßte Wesen" zu sein, ist er die Stütze Julianas und der hingebungsvolle Vater Isauras, um die er bis zum Schluß kämpft.

Bei der Schilderung des niederträchtigen Martinho erzielt der Autor eine völlige Übereinstimmung der physiognomischen Züge mit dem Charakter: ein großer Kopf, ein breites Gesicht, grobschlächtige Züge, die einen langsamen, nahezu beschränkten Geist verraten.

Was ihn jedoch am meisten auszeichnet, ist „ein gewisser Ausdruck von Geiz und geradezu widerlicher Habgier, die aus allen seinen Worten und Handlungen atmet. Sie leuchtet vor allem in der Tiefe seiner kleinen braunen Augen, wo auch die Verschlagenheit ständig lauert."

Ferner haben wir Dr. Geraldo, Álvaros Freund, einen angesehenen Rechtsanwalt, der „einen praktischen und positiven Geist, wie es sich bei einem bewanderten Rechtsgelehrten gehört", und „den größten Respekt für alle Institutionen, ja sogar für alle Vorurteile und Launen der Gesellschaft" hat. Dieser ist bemüht, Álvaros sehr menschliche, jedoch häufig realitätsferne Auffassungen über das eigene soziale Umfeld zurechtzurücken.

Als Álvaro sich nicht mit Isauras Lage abfinden kann und äußert, die Sklaverei sei „ein Geschwür im Gesicht der Nation, die sie duldet und schützt", und außerdem seine Absicht kundtut, sich mit Isaura zu verheiraten, wohl wissend, daß dies ein Affront gegen die Gesellschaft ist, antwortet ihm Geraldo klarsichtig:

„Du bist reich, Álvaro, und dein Reichtum gewährt dir soviel Unabhängigkeit, daß du deine philanthropischen Träume ebenso wie deine romanhaften Launen erfüllen kannst."

Eine Wahrheit die, näher betrachtet, nicht nur auf die Gesellschaft des 19. Jahrhunderts, die die Sklaverei befürwortete, zutrifft.

Die Konzessionen, die der Autor an die Vorurteile der damaligen Gesellschaft gemacht hat, lassen seine Haltung als Gegner der Sklaverei nicht weniger glaubwürdig erscheinen.

Aus dem Roman geht deutlich hervor, daß Isaura nur in bezug auf ihr demütiges Verhalten und ihre Scheu vor Auseinandersetzungen und der Geltendmachung ihrer Ansprüche eine Sklavin ist. Äußerlich unterscheidet sie sich in nichts von den Damen der Gesellschaft ihrer Zeit. Dennoch ist sie eine Sklavin und muß als solche das Leben ihresgleichen führen: als nützlicher Gegenstand in den Händen ihrer Herrschaften. Die brasilianische Gesellschaft, die sich im vorigen Jahrhundert so sehr Isauras Schicksal erbarmte, akzeptierte sie nur, weil sie weiß und gebildet war. Da sie jedoch weiß war und „nichts an ihr den gemeinen Sklaven" verriet, durfte anhand ihres leidvollen Schicksals vorgeführt werden, wie „eitel und lächerlich jeder Unterschied ist, der lediglich auf Geburt und Reichtum beruht".

Maria Nazareth Soares Fonseca

1. KAPITEL

Es waren die ersten Jahre der Regierung D. Pedro II. In der fruchtbaren und reichen Gemeinde von Campos de Goitacases, am Ufer des Paraíba, unweit der Ortschaft Campos, lag ein schönes und prächtiges Landgut.

Es war ein ebenmäßiges, weitläufiges und prunkvolles Gebäude, das sich in einer einladenden Flußniederung am Fuße hoher, bewaldeter Hügel befand, die teilweise von der Axt der Landarbeiter ihrer grünen Pracht entkleidet worden waren. Im weiteren Umkreise trug die Natur noch ihre ganze ursprüngliche und wilde Rauheit zur Schau; unmittelbar um das stattliche Haus herum hatte die Hand des Menschen jedoch den wilden Wald, der den Boden bedeckt hatte, in Gärten und Obsthaine, in weite Rasenflächen und Weiden verwandelt, die da und dort im Schatten riesiger Gummibäume, Perobas, Zedern und Copaíbas lagen, die Zeugen der ehemaligen Kraft des Waldes waren. Kaum eine Mauer, Zaun oder Einfriedung waren zu sehen; Gärten, Gemüsebeete, Weiden und die umliegenden Pflanzungen wurden voneinander durch grünende Hecken aus Bambus, Agaven, Dornensträuchern oder Bromelien abgegrenzt, die dem Ganzen das Aussehen eines paradiesisch einladenden Gartens verliehen.

Die Front des Hauses war den Hügeln zugewandt. Der Eingang führte durch eine schöne, von blühenden Kletterpflanzen umrankte Veranda, zu der man über eine fünf- oder sechsstufige Holztreppe gelangte. Auf der Rückseite des Hauses lagen die Nebengebäude, die Sklavenunterkünfte, Innenhöfe, Stallungen und Scheunen, dahinter breitete sich der Garten mit seinen Gemüsebeeten und ein nahezu unendlicher Obstgarten aus, der sich weitläufig in den Uferhängen des großen Flusses verlor.

Es war ein schöner, warmer Oktobernachmittag. Die Sonne

stand noch am Himmel, sie schien über dem Horizont zu schweben auf riesigen, goldgesäumten Schaumkissen in schillernden Farben. Eine von balsamischen Düften durchtränkte Nachmittagsbrise räkelte sich entlang der Uferböschungen, nur träges Raunen in den Kronen der Bäume weckend. Sie ließ die obersten Wipfel der Kokospalmen leise rascheln, während sie sich stolz im klaren und ruhigen Wasser des Stromes spiegelten.

Das Wetter war schön; die von mäßigen Regenfällen wiedererweckte Vegetation zeigte sich frisch erholt in üppigem Grün; das Wasser des Flusses, noch ungetrübt von den großen Überschwemmungen, rollte mit majestätischer Gelassenheit und spiegelte in aller Reinheit die glühenden Farben des Abendhimmels und das satte Grün der waldreichen Böschungen. Die Vögel erholten sich von ihrem ermüdenden Geflatter durch die Obstgärten, Wiesen und kleinen Flußinseln und übten sich schon in den ersten Tönen ihres Abendgesangs.

Die untergehende Sonne brannte derart auf die Fensterscheiben des Hauses, daß dieses wie von einer Feuersbrunst verzehrt zu werden schien. Im Gebäude und in seiner Umgebung herrschte vollkommene Stille. Grimmige Ochsen und wohlgenährte Färsen ruhten friedlich wiederkäuend im Grase, im Schatten hoher Bäume. Das Geflügel gackerte um das Haus herum, man vernahm das Blöken der Schafe und das Muhen einiger Kühe, die von sich aus ihren Stall suchten. Keine menschliche Stimme war zu hören, keine menschliche Gestalt zu sehen. Es schien, als wäre keiner der Bewohner anwesend. Lediglich die hochgeschobenen Fensterscheiben eines großen Saales an der Vorderfront des Hauses und die weitgeöffneten Flügel an der Eingangstür verrieten, daß nicht alle Bewohner des prächtigen Gutes abwesend sein konnten.

Die Stille der Natur wurde auch nicht von dem deutlich

hörbaren Arpeggio eines Klaviers gestört, das sich mit einer melodiösen, weichen, leidenschaftlichen Frauenstimme vereinte, die von kaum vorstellbarer Reinheit und Frische war. Obwohl leicht gedämpft, hatte der Gesang einen sonoren Klang, voll und voluminös, und verriet eine ausgezeichnete und kraftvolle Stimme. Der dunkle und melancholische Tonfall des Liedes glich dem unterdrückten Klagen einer einsam leidenden Seele.
Dies war die einzige Stimme, welche die Stille des weitläufigen und friedvollen Anwesens brach. Draußen schien ihr alles in mystischer, tiefer Andacht zu lauschen. Die Stimme sang ein Volkslied, das so lautete:

Seit ich lebe, klage ich
unermüdlich Tag und Nacht
weil das Schicksal, blind und hart
zur Gefangnen mich gemacht.
Hat vergessen, mir zu geben,
was so kostbar ist im Leben.

Niemals werde ich umarmen
einen Mann, der mir lieb.
Keinem werde ich je sagen:
Ist es schön, daß es dich gibt.
Stets wird schweigen dieses Herz,
nichts erfahren außer Schmerz.

Jeder Vogel darf frei singen
in des Waldes kühler Luft.
Jede Blüte darf verströmen
auf der Wiese ihren Duft.
Mir allein ist es verwehrt,
frei zu sein auf dieser Erd'.

Schweig, du Stimme, laß das Klagen,
hat doch sowieso kein' Sinn.
Kann dein Singen mich nicht machen
zu was anderem, als ich bin.
Bis ins kalte Grab hinein
werde ich gefangen sein.

Die traurigen und lieblichen Klänge jenes Gesangs, der durch das offene Fenster entweicht und in der Ferne widerhallt, wecken in uns den Wunsch, die Sirene kennenzulernen, die so wunderschön singt. Nehmen wir alsdann die Stufen, die auf die von sattem Grün und wunderschönen Blumengirlanden umrankte Veranda führen, die als Vorraum für das Haus dient. Begeben wir uns ohne Umstände ins Haus. Gleich rechts vom Gang sehen wir eine geöffnete Tür, die uns in das geräumige und luxuriös eingerichtete Empfangszimmer bringt. Dort befindet sich, allein am Klavier sitzend, eine schöne und stolze Mädchengestalt. Das Profil zeichnet sich deutlich ab zwischen dem dunklen Ebenholz des Klavierkastens und der üppigen, noch schwärzeren Lockenpracht. Die Züge sind so rein und sanft, daß sie das Auge faszinieren und die Gedanken davonschweben lassen. Der Teint gleicht dem Elfenbein der Klaviertasten, es ist von einem Weiß, das nicht blendet, mit einer leichten Nuance, von der man nicht eindeutig zu sagen vermag, ob es eine leichte Blässe oder ein blasses Rosa ist. Die anmutige und schneeweiße Brust trägt mit unbeschreibbarer Grazie den wunderbaren Busen. Die offenen, stark gewellten Haare stürzen in dichten und glänzenden Locken sich ringelnd auf die Schultern herab und bedecken fast vollständig die Lehne des Stuhles, auf dem das Mädchen ruht. Auf ihrer ruhigen und marmorglatten Stirn spiegelt sich rosig und weich das Abendrot; sie erinnert an eine geheimnisvolle Alabasterlampe, die in ihrem durchschimmernden Innern das Feuer der Inspiration hütet. Ihr Gesicht ist dem Fenster zugewandt, ihr Blick verliert sich in der Luft.

Das bezaubernde Aussehen der reizenden Sängerin wird durch die Schlichtheit ihrer bescheidenen Kleidung noch betont. Ein Kleid aus billigem, hellblauem Kattun zeichnet mit betörender Klarheit die schlanke Figur und die schmale Taille nach, um sich dann in weiten Falten auszubreiten wie eine Wolke, aus deren Mitte die Sängerin einer Venus gleich emporsteigt. Ihr Schmuck besteht nur aus einem kleinen schwarzen Kreuz, das sie an einem schwarzen Band um ihren Hals trägt.
Kaum war der Gesang beendet, verharrte das Mädchen für einen Augenblick gedankenverloren, die Finger noch auf den Klaviertasten, als horche sie auf das Echo der letzten Töne ihres Liedes.
Inzwischen öffnete sich von zarter Hand der Musselinvorhang einer der inneren Türen, und eine neue Figur betrat den Saal. Es war ebenfalls eine wohlgestaltete Frau, in der Blüte ihrer Jugend, hübsch, anmutig und elegant gekleidet. Der Reichtum und die makellose Sorgfalt ihrer Kleidung, ihre stolze und herrschaftliche Haltung, ein gewisses affektiertes Wogen und Schmachten in ihren Bewegungen verliehen ihr jene anmaßende Miene, die jedes reiche und hübsche Mädchen begleitet, selbst wenn es allein ist. Ihre ganze Pracht und die Ausstrahlung einer Dame von Welt verhinderten jedoch nicht, daß ihre große Schönheit für einige Augenblicke neben der Reinheit und einfachen, natürlichen Ausdruckskraft der Sängerin verblaßte. Dennoch war Malvina wunderschön, wahrlich bezaubernd, und trotz der Eitelkeit, die sie ob ihrer Wohlgestalt und ihres gesellschaftlichen Standes empfand, verriet ein warmes Schimmern in ihren Augen die ganze angeborene Güte ihres Herzens.
Malvina näherte sich ganz leise und unbemerkt der Sängerin, stellte sich hinter sie und wartete, bis sie die letzten Strophen ihres Liedes gesungen hatte.
„Isaura . . .!“ sagte sie, indem sie ihre zierliche Hand ganz sacht auf die Schulter der Sängerin legte.

„Ach! Sie sind es?" antwortete Isaura und wandte sich erschreckt Malvina zu. – „Ich wußte nicht, daß Sie da waren und mir zuhörten."

„Was ist denn schon dabei? Singe weiter; du hast so eine hübsche Stimme. Mir wäre jedoch lieber, du würdest etwas anderes singen; warum gefällt dir dieses traurige Lied so sehr?"

„Es gefällt mir, weil ich es hübsch finde und weil . . . Ach! Ich darf nicht darüber sprechen . . . !"

„So sprich doch, Isaura. Habe ich dir nicht schon gesagt, daß du von mir nichts zu befürchten hast?"

„Weil es mich an meine Mutter erinnert, die ich nicht gekannt habe, die Arme! Wenn dieses Lied Ihnen jedoch nicht gefällt, dann werde ich es nicht mehr singen."

„Mir gefällt nicht, daß du es singst, Isaura. Man wird glauben, du werdest mißhandelt, du seist eine unglückliche Sklavin, Opfer barbarischer und grausamer Herren. Dabei führst du hier ein Leben, auf das viele freie Menschen neidisch sein könnten. Deine Herrschaft schätzt dich. Sie hat dir eine Erziehung zukommen lassen, wie sie viele illustre Damen, die ich kenne, nicht genossen haben. Du bist wohlgestaltet und hast eine wunderschöne Farbe, niemand würde behaupten, daß durch deine Adern auch nur ein einziger Tropfen afrikanischen Blutes fließt. Du weißt, wie sehr meine gute Schwiegermutter dich mir und meinem Manne ans Herz gelegt hat. Und ich werde stets die Ermahnungen jener gütigen Frau befolgen. Wie du siehst, bin ich mehr deine Freundin denn deine Herrin. Nein, dieses Lied, das du so gerne singst, gehört nicht auf deine Lippen. Ich möchte nicht," fuhr sie im Ton einer leichten Ermahnung fort, „ich möchte nicht, daß du es wieder singst, hörst du, Isaura? Sonst verschließe ich dir das Klavier."

„Aber, Herrin, was bin ich trotz alledem, als eine einfache Sklavin? Diese Erziehung, die Sie mir gegeben haben, und diese Schönheit, die man so rühmt, was nutzen sie mir? Es sind Luxusdinge, die man in die Sklavenhütte des Afrikaners verpflanzt hat. Diese bleibt dennoch, was sie ist: eine Sklavenhütte."

„Beklagst du dich über dein Los, Isaura?"

„Das tue ich nicht, Herrin, ich habe keinen Grund dazu . . . Was ich damit meine, ist, daß ich trotz all dieser Gaben und all der Vorteile, die Sie mir gewähren, genau weiß, wo ich hingehöre."

„Na komm schon, ich weiß, was dich quält. Dein Gesang verrät es ja. Hübsch, wie du bist, mußt du wohl irgendeinen Liebsten haben."

„Ich, Herrin? Wie kommen Sie denn darauf?"

„Durch dich selbst, und was wäre schon dabei? Geniere dich nicht; ist das denn etwa so abwegig? Komm, gib es zu: Du hast einen Liebhaber und beklagst, daß du nicht frei geboren bist, um jenen lieben zu können, an dem du Gefallen fandest und der an dir Gefallen fand, ist es nicht so?"

„Verzeihen Sie mir, Dona Malvina", erwiderte die Sklavin mit unschuldigem Lächeln. „Sie irren; ich denke nicht im entferntesten daran."

„Nicht im entferntesten? Du täuschst mich nicht, mein kleiner Schatz! Du bist verliebt und zu schön und zu begabt, um dich einem Sklaven zuzuneigen; es sei denn, er wäre ein Sklave, wie du es bist. Ich zweifle jedoch daran, daß es so etwas auf der Welt gibt. Ein Mädchen wie du kann mit Leichtigkeit die Liebe eines jeden Mannes erobern, und da hätten wir dann den Grund für das Wehklagen in deinem Lied. Aber quäle dich nicht weiter, meine Isaura, ich verspreche dir, daß du noch morgen deine Freiheit erhältst. Warte, bis Leôncio kommt. Es ist eine Schande, daß ein Mädchen wie du sich noch eine Sklavin nennen muß."

„Hören Sie bitte auf damit, Herrin; ich denke nicht an Liebschaften – und weit weniger noch an die Freiheit.

Zuweilen werde ich einfach traurig, ohne jeglichen Grund . . ."
„Es macht nichts. Ich bin es, die dich frei sehen möchte, und das wirst du auch sein."
An diesem Punkt wurde das Gespräch unterbrochen durch Pferdegetrappel. Es waren zwei Reiter, die ankamen und vor der Tür des Gutshauses aus den Sätteln stiegen.
Malvina und Isaura eilten ans Fenster, um zu sehen, wer eingetroffen war.

2. KAPITEL

Die beiden von ihren Pferden abgestiegenen Reiter waren gutaussehende, elegante junge Männer, die von Campos kamen. Die Vertrautheit, mit der sie das Haus betraten, ließ vermuten, daß sie zur Familie gehörten.
Der eine war Leôncio, Malvinas Ehemann, der andere ihr Bruder Henrique.
Bevor wir fortfahren, sollten wir diese beiden näher kennenlernen.
Leôncio war der einzige Sohn des reichen und mächtigen Komtur Almeida, seinerseits Eigentümer des wunderschönen Gutes, auf dem wir uns befinden. Der Komtur hatte ein Jahr zuvor, wegen seines fortgeschrittenen Alters und verschiedener Krankheiten, die ihn plagten, seinem Sohn nach der Hochzeit die Verwaltung und das Nutzungsrecht des Gutes überlassen. Er lebte nunmehr in der Hauptstadt des Kaiserreiches, wo er Ablenkung von seinen Beschwerden suchte.
Leôncio hatte schon seit frühester Kindheit Mittel und Wege gefunden, seinen Vater zu umgarnen und seine Intelligenz auf Abwege zu leiten. Dies war wegen der Großzügigkeit und

des Wohlstands seiner Eltern keine schwere Aufgabe gewesen. Ein schlechter Schüler und ein unverbesserliches Kind, aufsässig und unfolgsam, war er von einer Schule in die nächste gewechselt und hatte nur mit äußerster Mühe die Vorbereitungen für das Hochschulstudium abgeschlossen. Irgendwie war es ihm immer wieder gelungen, die Prüfungen zu bestehen. Oft deshalb, weil die Lehrer es nicht wagten, dem hochangesehenen und freigebigen Komtur Kummer zu bereiten und seinen Sohn durchfallen zu lassen. Als Leôncio ein Jahr lang Medizin studiert hatte, hing ihm dieses Fach zum Halse heraus. Da seine Eltern ihm nichts abschlagen konnten, ging er nach Olinda, um dort Jura zu studieren. Nachdem er einen beträchtlichen Teil des elterlichen Vermögens mit der Befriedigung seiner lasterhaften Neigungen und wilden Phantasien durchgebracht hatte, langweilte ihn auch das Studium der Juristerei, und er begann zu glauben, daß er nur in Europa seine Intelligenz gebührend entwickeln und seinen Wissensdurst an köstlichen, reich fließenden Quellen würde stillen können. So schrieb er seinem Vater, der ihm Glauben schenkte und ihn nach Paris schickte, in der Erwartung, ihn von dort als einen neuen Humboldt zurückkehren zu sehen. In jenem Pandämonium des Luxus und des Lasters fand Leôncio nur selten den Weg in die Hörsäle, und wenn, dann hörte er gelangweilt den wortreichen Ausführungen der hervorragendsten Gelehrten jener Zeiten zu. Ebensowenig wurde er in Museen, Instituten und Bibliotheken gesehen. Dafür war er ein eifriger Besucher des Jardin Mabile sowie aller damals beliebten Café- und Theaterhäuser. Er war einer der berühmt-berüchtigtsten, elegantesten Boulevard-Löwen. Nach Ablauf einiger Jahre, die er teils in Paris, teils auf Vergnügungsreisen durch die wichtigsten Hauptstädte Europas verbrachte, hatte er den elterlichen Geldbeutel so ausgiebig und gnadenlos geschröpft, daß sich der Komtur, ungeachtet seiner Zuneigung für den einzigen und geliebten Sohn, genötigt sah, diesen in die heimatlichen Gefilde zurückzubeordern, um dem vollständigen Ruin zu entgehen. Er wollte den Sohn nicht durch eine unvermittelte und harte Unterbrechung seiner Karriere der Verblendung und Verschwendung verletzen. Deshalb entschloß er sich, ihn mit sanfter Geste zurückzulocken, und winkte ihm mit der Aussicht auf eine reiche und äußerst vorteilhafte Heirat. Leôncio biß bei dem Köder an und kehrte in die Heimat zurück als perfekter Dandy, höflich und elegant wie kein anderer. Anstelle von Wissen und Erfahrung enthielt sein Gepäck eine gewaltige Dosis an Einbildung und Anmaßung sowie eine derart ausgefeilte Gewandtheit im Umgang mit den höheren Kreisen, daß man ihn für einen Fürsten hätte halten können. Das Schlimmste war, daß er zwar mit leerem Hirn zurückkehrte, seine Seele und sein Herz jedoch verdorben waren durch die Ausschweifungen seines unsittlichen Lebenswandels. Die wenigen guten Instinkte, die ihm die Natur verliehen hatte, waren in seinem Herz verloschen.

Bei seiner Rückkehr aus Europa zählte Leôncio 25 Jahre. Der Vater ermahnte ihn mit einschmeichelnden und geschickten Worten, daß es an der Zeit sei, sich eine Anstellung zu suchen, einen Beruf zu wählen; er habe den Eltern schon lange genug auf der Tasche gelegen, länger als nötig für die Beendigung seiner Ausbildung; nunmehr gelte es zu lernen, das Familienvermögen wenn schon nicht zu mehren, dann wenigstens zu erhalten, denn er werde es wohl früher oder später verwalten müssen. Nach langem Zögern entschied sich Leôncio für eine Karriere im Handel. Es schien ihm das unabhängigste und sicherste Metier von allen zu sein. Seine abenteuerlichen und halsbrecherischen Vorstellungen auf diesem Gebiet riefen jedoch tiefstes Entsetzen beim guten Komtur hervor. Die Ein- und Ausfuhr von Waren, selbst en gros, und auch der Sklavenhandel erschienen Leôncio als unwürdiges Spekulationsgeschäft, das seiner umfassenden Ausbildung nicht angemessen war. Der Handel über die Theke und der Einzelhandel erweckten in ihm lediglich Abscheu und Mitleid. Einzig und allein Börsenspekulationen in großem Stil, Bankgeschäfte und Transaktionen auf höherer Ebene und unter beträchtlichem Kapitaleinsatz sagten seiner Eitelkeit zu. Nur so, erklärte er, könne er innerhalb kürzester Zeit das väterliche Vermögen verdoppeln oder sogar verdreifachen. Dank seiner Beobachtungen an der Pariser Börse und auf anderen europäischen Finanzmärkten hielt er sich für befähigt, die Geschäfte wichtigster Banken oder grandiosester Industrieunternehmen zu führen.

Der Vater jedoch traute sich nicht, sein Vermögen in die Hände des noch unerfahrenen Finanziers zu legen, der bis dahin lediglich großes Talent im schnellen und gänzlich fruchtlosen Verbrauchen erheblicher Summen bewiesen hatte. Somit beschloß er, die Angelegenheit ruhen zu lassen, und hoffte, der Jüngling würde mit der Zeit etwas mehr Vernunft annehmen.

Als er sah, daß der Vater seine Pläne zur Beschaffung eines eigenen Vermögens völlig vergaß, begann Leôncio die sich bietende Heirat als das schmerzloseste und selbstverständlichste Mittel zum Erwerb eigenen Wohlstands anzusehen, als Quelle, aus der er nach Gutdünken schöpfen konnte. Malvina, die schöne Tochter eines sehr vermögenden Geschäftsmannes in der Hauptstadt des Kaiserreiches, war Leôncio bereits aufgrund einer gemeinsamen Übereinkunft und der Zustimmung beider Elternpaare versprochen. Die Familie des Komtur reiste in die Hauptstadt; die jungen Leute trafen sich, verliebten sich ineinander und heirateten; dies war eine Sache von wenigen Tagen.

Kurz nach seiner Heirat verlor Leôncio seine Mutter durch einen unerwarteten Schicksalsschlag. Die gutherzige und achtbare Frau war in den ehelichen Beziehungen mit ihrem Manne nicht sehr glücklich gewesen. Seinem nüchternen und kalten Herz waren die reinen, gesegneten Wonnen der ehelichen Zuneigung unbekannt. Seine Ausschweifungen zerrissen täglich aufs neue das Herz seiner Frau. Dazu kam, daß sie alle ihre Kinder im zartesten Alter verloren hatte und daß ihr nur Leôncio geblieben war. Mehr als alles andere beklagte sie, daß der Himmel ihr nicht wenigstens eine Tochter gelassen hatte, die ihr als Gesellschaft und Trost im einsamen Alter hätte dienen können. Der Zufall jedoch wollte, daß in ihrem eigenen Hause ein zerbrechliches Wesen aufwuchs, das die Leere, die sie in ihrem gütigen und zartfühlenden Herzen empfand, ausfüllte und ihr Heim, in dem sie so eintönige und langweilige Tage verbrachte, weniger traurig und einsam gestaltete.

Im Hause war eine kleine Sklavin geboren, die von der Wiege an durch ihr anmutiges, freundliches und waches Wesen die ganze Aufmerksamkeit und Zuneigung der guten Alten gewann.

Isaura war die Tochter einer bildhübschen Mulattin, die über lange Zeit die Lieblingssklavin und treue Hausdienerin der Frau des Komtur gewesen war. Dieser hemmungslose Libertin betrachtete die Sklavinnen als Haremsdamen, die ihm jederzeit zur Verfügung standen, und hatte darum ein gieriges und geiles Auge auf die anmutige Mulattin geworfen. Lange hielt sie seinen brutalen Forderungen stand, mußte jedoch am Ende seinen Drohungen und seiner Gewalt nachgeben. Ein derart schändliches und barbarisches Verhalten konnte nicht lange vor den Augen seiner tugendhaften Frau verborgen bleiben, die darob zu Tode betrübt war.

Nachdem ihm die harten und bitteren Vorhaltungen seiner Frau den Wind aus den Segeln genommen hatten, traute sich der Komtur nicht länger, Gewalt gegen die arme Sklavin anzuwenden; auch gelang es ihm nicht, durch andere Mittel ihre unbezwingbare Abneigung zu überwinden. Durch so viel Widerstand wütend geworden, beschloß er in seinem verruch-

ten Herzen, sich auf grausamste und widerwärtigste Art zu rächen und sie durch Arbeit und Strafen zu brechen. Er verbannte sie, die bisher nur leichte und feine Arbeiten verrichtet hatte, aus dem Herrschaftshause und schickte sie in die Sklavenhütte und auf die glühenden Felder. Den Aufseher ermahnte er, sie ja vor keiner Arbeit und keiner Strafe zu verschonen. Dieser jedoch war ein gutmütiger Portugiese im besten Mannesalter, dessen Gemüt noch nicht so versteinert war wie das seines Arbeitgebers. Er ließ sich von dem sanften Wesen der entzückenden Mulattin völlig einnehmen. Statt mit Arbeit und Prügel überhäufte er sie mit Zärtlichkeiten und Geschenken, so daß sie nach einiger Zeit jene liebreizende kleine Sklavin gebar, von der wir bereits sprachen. Dies steigerte noch den Grimm des Komtur gegen die unselige Sklavin. Er warf den treuen Aufseher hinaus und setzte die Mulattin schweren Arbeiten und einer so harten Behandlung aus, daß er sie gleichsam ins Grab schickte, bevor sie ihre zarte und liebliche Tochter großziehen konnte.
Unter solch einem ungünstigen Stern wurde die schöne, unglückliche Isaura geboren.
Die Frau des Komtur aber betrachtete das zarte, schöne Geschöpf als Geschenk des Himmels, das sie über den Kummer und den Verdruß hinwegtrösten sollte, die ihr die Ausschweifungen ihres liederlichen Ehemannes bereiteten. Sie hob die tränennassen Augen gen Himmel und schwor bei der Seele der unglücklichen Mulattin, die Sorge für Isauras Zukunft zu übernehmen und sie wie ein eigenes Kind großzuziehen.
Diesen Schwur erfüllte sie mit äußerster Gewissenhaftigkeit. In dem Maße, wie das Mädchen heranwuchs, lehrte sie selbst es zu lesen und zu schreiben, zu nähen und zu beten. Später ließ sie sie in Musik und Tanz unterrichten, verpflichtete Italienisch-, Französisch- und Zeichenlehrer, kaufte ihr Bücher; kurzum, sie setzte alles daran, dem Mädchen die

sorgfältigste und beste Erziehung zukommen zu lassen, so als wäre es ihr eigenes Kind. Isaura ihrerseits übertraf bei weitem die Erwartungen der alten Dame, nicht nur in der Entwicklung ihrer körperlichen Vorzüge und Reize, sondern auch hinsichtlich ihrer Lernfortschritte. Diese setzte angesichts solch glücklicher und glänzender Ergebnisse immer mehr Fleiß daran, ihr Juwel zu schleifen und zu polieren, von dem sie sagte, es sei eine in ihre weißen Haare eingeflochtene Perle. „Der Himmel hat mit keine Tochter meines eigenen Leibes schenken wollen", pflegte sie zu sagen, „dafür gab er mir eine Tochter meiner Seele."

Das Bewunderungswürdigste an dem Mädchen jedoch war die Tatsache, daß sie diese ganze Vorliebe und zärtliche Fürsorge nicht eitel oder arrogant werden ließen, nicht einmal im Umgang mit ihren Leidensgenossen. Sie war immer fröhlich und freundlich mit den Sklaven, fügsam und gehorsam ihren Herren gegenüber.

Dem Komtur gefiel der eigenartige Einfall seiner Ehefrau gegenüber der kleinen Mulattin überhaupt nicht, und er nannte es die Laune einer Altersschwachsinnigen.

„Eine Riesendummheit!" pflegte er mit mitleidiger Miene auszurufen. „So viel Aufwand, um aus ihr ein eitles Frauenzimmer zu machen, das dir über kurz oder lang große Schwierigkeiten bereiten wird. Diese alten Weiber! Manche verfallen aufs Beten, manche schimpfen von früh bis spät, andere wiederum vergöttern ihre Hündchen oder halten sich Küken; diese hier möchte aus kleinen Mulattinnen Prinzessinnen machen. Es ist, in der Tat, ein etwas kostspieligeres Vergnügen, dennoch . . . wohl bekomm's! Während sie sich mit ihrer Herzallerliebsten abgibt, bleiben mir wenigstens ein Dutzend aufdringlicher Nörgelpredigten erspart . . . Meinetwegen . . .!" Wenige Tage nach der Hochzeit Leôncios begab sich der Komtur mit der ganzen Familie und dem jungen Ehepaar zurück auf das Landgut in Campos. Dann übertrug er seinem Sohn die alleinige Verwaltung und das allumfassende Nutzungsrecht für den Besitz, mit all seinen Sklaven und allem, was sonst noch dazugehörte. Er sei schon ziemlich alt, erklärte er, und wolle daher die ihm noch verbleibenden Tage frei von Verpflichtungen und Sorgen verbringen, wozu ihm das Einkommen, das er für sich reserviert habe, bei weitem genüge. Nachdem er seinem Sohn noch zu Lebzeiten dieses großzügigste aller Geschenke gemacht hatte, zog er sich in die Hauptstadt zurück. Seine Ehefrau aber blieb bei ihrem Sohn – ein Vorhaben, das großen Gefallen und uneingeschränkte Zustimmung bei ihrem Ehemann hervorrief.

Malvina, die trotz ihrer vornehmen Eitelkeit eine gute Seele und ein unverbildetes Herz besaß, konnte nicht umhin, gleich zu Anbeginn lebhaftes Interesse und große Zuneigung zur Gefangenen Isaura zu fassen. Diese war von freundlichem und liebenswürdigem Naturell und hatte ein so sanftes und bescheidenes Wesen, daß sie ungeachtet ihrer großen Schönheit und unbestreitbaren Geistesgaben schon bei der ersten Begegnung das Wohlwollen aller errang.

Isaura wurde augenblicklich zur Lieblingssklavin und treuen Gefährtin und Freundin Malvinas, die den Vergnügungen und dem Zeitvertreib in der Hauptstadt sehr zugetan gewesen war und sich deshalb freute, in dieser einsamen Gegend eine so gute und freundliche Gesellschafterin zu finden.

„Warum lassen Sie dieses Mädchen nicht frei?" fragte sie eines Tages ihre Schwiegermutter. „Eine so liebenswürdige und interessante Kreatur ist nicht zur Sklavin geboren." „Du hast recht, mein Kind", antwortete gutmütig die Alte. „Was aber soll ich tun? Ich traue mich nicht, diesen kleinen Spatz freizulassen, den der Himmel mir zum Trost geschickt hat und der mir die schweren und langen Stunden des Alters erträglicher machen soll.

Und wozu soll ich sie freilassen? Hier ist sie frei, freier, als ich selbst es bin, die ich schon keine Freude mehr am Leben habe und keine Kraft, die Freiheit zu genießen. Soll ich etwa meine Lerche freilassen? Und wenn sie sich draußen verirrt und nie mehr die Tür des Vogelkäfigs wiederfindet? Nein, nein, mein Kind, solange ich lebe, will ich sie immer ganz nah bei mir haben, ich will, daß sie mir allein gehört. Du denkst vielleicht insgeheim – wie egoistisch die Alte ist! Ich habe jedoch nur noch kurze Zeit zu leben, das Opfer wird nicht groß sein. Mit meinem Tode wird sie frei sein, und ich werde dafür sorgen, daß sie ein gutes Vermächtnis bekommt."

Tatsächlich versuchte die Alte mehrere Male, ihr Testament zu schreiben, um die Zukunft ihres geliebten Zöglings abzusichern; dennoch schafften es der Komtur und sein Sohn unter belanglosen Vorwänden immer wieder, die Erfüllung des lobenswerten und frommen Wunsches seiner Ehefrau hinauszuzögern, bis zu dem Tage, an dem sie, von einem Lähmungsanfall getroffen, der ihren ganzen Körper erfaßte, innerhalb weniger Stunden ihre Seele aufgab, ohne einen Augenblick der Geistesklarheit und der nötigen Kraft, um ihren letzten Wunsch auszudrücken.

Malvina schwor bei der sterblichen Hülle ihrer Schwiegermutter, daß sie die unselige Sklavin mit der gleichen selbstlosen Sorge beschützen werde, wie es die Tote getan hatte. Lange beweinte Isaura den Tod jener Frau, die ihr eine unermüdliche und zärtliche Mutter gewesen war; und sie blieb eine Sklavin, aber nicht mehr die einer zärtlichen und tugendhaften Frau, sondern eine Gefangene launischer, liederlicher und hartherziger Herrschaften.

3. KAPITEL

Wir müssen noch näher Bekanntschaft schließen mit Henrique, Leôncios Schwager. Er war ein eleganter und hübscher junger Mann von zwanzig Jahren, frivol, leichtsinnig und eitel wie fast alle jungen Leute, denen das Glück beschieden war, einen reichen Vater zu haben. Von diesen kleinen Abers abgesehen hatte er ein gutes Herz und ein aufrichtiges Gemüt. Er studierte Medizin, und da gerade Semesterferien waren, hatte ihn Leôncio eingeladen, seine Schwester Malvina zu besuchen und einige Tage auf seinem Landgut zu verbringen. Sie kamen gerade aus Campos, wohin sich Leôncio am vorherigen Tage begeben hatte, um den Schwager unterwegs zu treffen.

Erst nach der Heirat begann Leôncio, der sich in der Vergangenheit nur selten und kurz im elterlichen Haus aufgehalten hatte, die außergewöhnliche Schönheit und die unvergleichliche Anmut Isauras aufzufallen. Da ihm das Glück beschieden war, eine wunderschöne und ausgezeichnete Ehefrau zu bekommen, hatte er nicht aus Liebe geheiratet, einem Gefühl, das seinem Herzen bis zu diesem Augenblick unbekannt war. Er hatte aus Spekulation geheiratet, und da seine Frau jung und hübsch war, hatte er lediglich körperliches Begehren für sie verspürt, eine Empfindung, die sich im Genuß sinnlicher Freuden erschöpft und mit diesem erlischt. Der unglücklichen Isaura war es beschieden, jene Saiten seines Herzens, die noch nicht ganz verdorben waren durch die ständige Berührung mit den begangenen Verruchtheiten, aufs heftigste vibrieren zu lassen. Er wurde von einer blinden und ungestümen Liebe zu ihr erfaßt, die Tag für Tag in dem Maße wuchs, wie sich seinen Gefühlen schwere und mächtige Hindernisse in den Weg stellten. Er war es nicht gewohnt, Widerständen zu begegnen, und bemühte sich glücklos, sie zu überwinden. Nie gab er sein unsinniges Vorhaben auf, denn schließlich und endlich, so dachte er, war Isaura sein Besitz, und sollte kein anderes Mittel zum Erfolg führen, so bliebe ihm immer noch die Anwendung von Gewalt. Leôncio war ein würdiger Erbe aller schlechten Eigenschaften und der tiefen Verderbtheit des Komturs.

Auf dem Rückweg von Campos hatte Leôncio, dessen Gedanken immer wieder um Isaura kreisten, lange mit seinem Schwager über die Sklavin gesprochen, hatte ihre Schönheit gerühmt und mit widerwärtigem Zynismus die lüsternen Absichten, die er hegte, durchschimmern lassen.

Obwohl Henrique die Art des Gesprächs mißfiel, weckte es in ihm große Neugierde für die angeblich so außerordentlich schöne Sklavin.

Am Tag nach der Ankunft der jungen Männer, um acht Uhr, saß Isaura, nachdem sie den Salon in Ordnung gebracht und die Möbel abgestaubt hatte, mit ihrem Stickzeug am Fenster und wartete darauf, daß ihre Herrschaften aufstünden, um ihnen dann das Frühstück zu servieren. Es dauerte nicht lange, da erschienen Leôncio und Henrique. Sie blieben an der Tür stehen und beobachteten Isaura, die ihr Kommen nicht bemerkt hatte und versonnen weiterstickte.

„Na, wie gefällt sie dir?" flüsterte Leôncio seinem Schwager zu. „Ist eine solche Sklavin nicht ein unermeßlicher Schatz? Wer würde denn nicht behaupten, daß es sich um eine Andalusierin aus Cadiz oder gar um eine Neapolitanerin handelte?" „Nein, sie ist keines davon; sie ist etwas noch Besseres", antwortete Henrique verzückt. „Sie ist eine perfekte Brasilianerin."

„Aber nein! Sie ist allem überlegen, was es gibt. Wäre sie ein freier Mensch, so würde sie mit dem Zauber ihrer siebzehn Lenze manch einem Hochgeborenen den Kopf verdrehen. Deine Schwester wünscht beharrlich, daß ich sie freilasse; sie behauptet, dies wäre der Wunsch meiner verstorbenen Mutter gewesen. So dumm bin ich jedoch nicht, daß ich so ohne weiteres ein solch kostbares Juwel weggebe. Wenn meine Mutter es sich in den Kopf gesetzt hat, sie zu verhätscheln und ihr eine erstklassige Erziehung zu geben, dann sicherlich nicht zu dem Zweck, sie in die Welt zu entlassen, findest du nicht? Mein Vater scheint sogar dem Drängen ihres Vaters nachgegeben zu haben. Ein armseliger, umherirrender Portugiese, der sie befreien möchte! Mein Alter nannte jedoch einen solch unverschämten Preis, daß von dieser Seite wohl nichts zu befürchten ist. Was meinst du, Henrique, ist eine solche Sklavin zu bezahlen?" „Sie ist in der Tat bezaubernd", erwiderte der junge Mann. „Im Harem eines jeden Sultans wäre sie die Lieblingsodaliske." „Wenn ich mir jedoch eine Bemerkung erlauben darf, Leôncio", fuhr er fort und warf dem Schwager einen eindringlich warnenden Blick zu, „als Ihr Schwager und Bruder Ihrer Frau möchte ich behaupten, daß es unschicklich ist, daß Sie in Ihrem Hause neben meiner Schwester eine solch hübsche und gepflegte Sklavin haben. Es ist gewissermaßen für den Frieden Ihres Heimes gefährlich . . ."

„Bravo!" unterbrach ihn Leôncio in scherzhaftem Ton, „für dein Alter bist du ja schon ein eingefleischter Moralist! Aber keine Sorge deswegen, deine Schwester kennt solche Anwandlungen nicht, sie selbst genießt es am meisten, wenn Isaura von allen gesehen und bewundert wird. Und recht hat sie; Isaura ist ein Schmuckstück, das immer im Wohnzimmer zur Schau gestellt werden muß. Soll ich etwa meine venezianischen Spiegel in die Küche hängen?"

Malvina, die lachend, frisch und heiter wie ein Aprilmorgen aus dem Hause trat, unterbrach diese Unterhaltung.

„Guten Morgen, meine Herren Faulenzer!" sagte sie mit ihrer silberhellen Stimme, die wie das Gezwitscher einer Schwalbe klang. „Endlich seid Ihr aufgestanden!"

„Du bist heute sehr fröhlich, meine Liebe", antwortete ihr

Ehemann lächelnd, „hast du etwa einen grünen Vogel mit einem goldenen Schnabel gesehen?"
„Noch nicht, aber ich werde ihn noch sehen; ich bin wirklich fröhlich, und ich möchte, daß dies ein Festtag für alle im Hause wird. Das hängt jedoch von dir ab, Leôncio. Ich konnte es kaum abwarten, daß du aufstehst; ich möchte dir nämlich etwas mitteilen, was ich dir schon gestern hätte sagen sollen, aber die Freude, nach so langer Zeit diesen undankbaren Bruder wiederzusehen, hat es mich vergessen lassen . . ."
„Was ist es denn? Sag es mir, Malvina."
„Erinnerst du dich nicht an ein Versprechen, das du mir immer wieder gabst, ein heiliges Versprechen, das schon vor langem hätte erfüllt werden müssen? Heute wünsche ich, fordere ich geradezu seine Erfüllung."
„Wahrhaftig? Welches Versprechen? Ich erinnere mich nicht." „Ach! Du spielst den Vergeßlichen! Erinnerst du dich nicht daran, daß du mir die Freiheit von . . .?"
„Ach, jetzt weiß ich es wieder, ich weiß", unterbrach sie Leôncio ungeduldig. „Müssen wir es unbedingt jetzt besprechen, in ihrer Gegenwart? Warum muß sie uns zuhören?"
„Was ist denn schon dabei? Aber wie du willst."
Die junge Frau ergriff Leôncios Hand und führte ihn in das Haus. „Henrique, warte einen Augenblick, ich lasse uns das Frühstück servieren."
Erst mit der Ankunft Malvinas bemerkte Isaura die Anwesenheit der beiden Männer, die sie aus einer gewissen Entfernung beobachtet und miteinander im Flüsterton gesprochen hatten. Sie hörte wenig und verstand nichts von dem Gespräch zwischen Malvina und ihrem Ehemann. Als diese gegangen waren, stand Isaura auf und wollte gleichfalls das Zimmer verlassen. Henrique, der allein zurückgeblieben war, hielt sie mit einer Handbewegung auf.
„Brauchen Sie mich, Herr?" sagte sie und schlug bescheiden die Augen nieder.

„Warte einen Augenblick, Mädchen, ich habe dir etwas zu sagen", erwiderte der junge Mann, und ohne weitere Worte stellte er sich ihr in den Weg, verschlang sie mit den Augen und schien gleichzeitig verzückt von ihrer hinreißenden Schönheit. Henrique fühlte sich befangen angesichts dieses feinen Wesens von strahlender Schönheit und engelhaftem Gleichmut. Isaura wiederum betrachtete den jungen Mann erstaunt und verlegen. Sie wartete vergebens darauf, daß er ihr sage, was er wünsche. Schließlich erinnerte sich Henrique daran, daß sie ungeachtet ihrer herrlichen Gestalt nichts weiter war als eine Sklavin, und wurde sich dabei bewußt, daß er eine lächerliche Figur abgab, so wie er in stummer und verzückter Betrachtung vor ihr stand. Ungestüm und leichtfertig näherte er sich ihr ohne jegliche Hemmung, nahm frech ihre Hand und sagte: „Kleine Mulattin, du ahnst nicht, was für eine Hexe du bist. Meine Schwester hat recht; es ist ein Jammer, daß ein so wunderschönes Mädchen nichts als eine Sklavin ist. Als Kind freier Eltern wärst du ohne Zweifel die Königin der Salons."
„Jawohl, Herr, ist schon gut!" erwiderte Isaura, während sie sich Henriques Griff entwand. „Wenn dies alles ist, was Sie mir zu sagen hatten, dann lassen Sie mich jetzt gehen."
„Warte noch ein wenig; sei doch nicht so hartherzig; ich will dir nichts Böses tun. Ach, was würde ich alles geben, um dir deine Freiheit zu schenken, wenn ich damit auch deine Liebe gewinnen könnte! Du bist zu zart und zu schön, als daß du noch lange eine Sklavin bleiben könntest; früher oder später wird dich jemand unweigerlich aus deinem Sklavendasein befreien. Bevor du aber in die Hände eines Unbekannten gerätst, der dich nicht gebührend zu schätzen weiß, sollte es lieber ich sein, meine Isaura, der Bruder deiner Herrin, der dich von einer Sklavin zu einer Prinzessin macht . . ."
„Ach! Herr Henrique!" erwiderte das Mädchen verstimmt, „genieren Sie sich nicht, einer Sklavin Ihrer Schwester derar-

tige Komplimente zu machen? Das steht Ihnen nicht gut an; es gibt so viele Mädchen, denen Sie den Hof machen können . . ."

„Nein; ich habe noch keine einzige gesehen, die dir gleichkommt, Isaura, das schwöre ich dir. Schau, Isaura, keiner ist wie ich in der Lage, deine Freiheit zu erreichen. Ich bin sogar imstande, Leôncio dazu zu zwingen, dich freizulassen, denn wenn ich mich nicht täusche, habe ich seine Pläne und Absichten bereits erraten, und ich versichere dir, daß ich sie alle vereiteln werde. Und du sollst nicht nur frei sein, du sollst auch alles haben, was du begehrst, Seidenstoffe, Schmuck, Fahrzeuge und Sklaven, die dich bedienen. In mir hättest du einen Liebhaber, der dich für immer begehren und dich für kein anderes Mädchen der Welt eintauschen würde, so schön und reich sie auch sein mögen, denn du bist mehr wert als alle anderen zusammen."

„Mein Gott!" rief Isaura in leicht spöttischem Ton aus, „soviel Großzügigkeit macht mir Angst; sie würde mir den Kopf verdrehen. Nichts da, mein Herr; heben Sie Ihre Großzügigkeit auf für eine, die sie eher verdient; ich für meinen Teil bin mit meinem Schicksal zufrieden . . .!"

„Isaura! Wozu diese Grausamkeit! Hör zu", sagte der junge Mann und schlang seinen Arm um Isauras Hals. „Herr Henrique!" schrie sie, während sie sich aus seiner Umarmung wand. „Lassen Sie mich doch bitte in Frieden!"

„Hab Erbarmen, Isaura!" beharrte der junge Mann, indem er wieder versuchte, sie zu umarmen. „Sprich nicht so laut! . . . Einen Kuß . . . einen Kuß nur, und ich lasse dich sofort gehen . . ."

„Wenn Sie nicht damit aufhören, werde ich noch lauter schreien. Kann ich denn hier keinen Augenblick arbeiten, ohne daß man mich mit Erklärungen belästigt, die ich nicht hören will . . ."

„Ach! Wie hochnäsig du bist!" Henrique war verärgert. „Dir

fehlt wirklich nichts! Du hast sogar den verächtlichen Blick einer großen Dame! Blas dich nicht so auf, meine Prinzessin . . ."

„Weg da, mein Herr!" schrie die Sklavin, deren Geduld nunmehr ein Ende hatte. „Als ob Herr Leôncio nicht genügte! Nun kommen auch Sie noch . . ."

„Wie? Was sagst du da? Leôncio auch? Mein Herz ahnte es schon! Wie infam! . . . Du hörst ihm aber sicher mit etwas mehr Geduld zu, nicht wahr?"

„Mit soviel Ungeduld, wie ich auch Ihnen zuhöre."

„Das bezweifle ich nicht, Isaura. Die Loyalität, die du deiner Herrin schuldest, die dich so sehr schätzt, erlaubt es dir nicht, diesem Widerling Gehör zu schenken. Bei mir liegt der Fall aber anders; welchen Grund hast du, so grausam zu mir zu sein?"

„Ich soll grausam zu meinen Herrschaften sein! Aber, mein Herr, um Gottes willen! Spotten Sie nicht so über eine arme Gefangene!"

„Nein, ich spotte nicht . . . Isaura, hör mich an", rief Henrique, indem er sich weiter bemühte, sie zu umarmen und ihr einen Kuß zu rauben.

„Bravo! Bravissimo!" dröhnt eine Stimme durch den Salon, begleitet von hämischem Gelächter. Henrique drehte sich erschrocken um. Seine leidenschaftliche Erregung war plötzlich in der Tiefe seines Herzens zu Eis erstarrt.

„Bravo! Sehr gut, mein lieber Schwager!" fuhr Leôncio spöttisch fort. „Du setzt ja deine Moralpredigten ausgezeichnet in die Praxis um! Indem du meine Sklavinnen umwirbst! Wie geplant! Du hast ja einen heiligen Respekt vor dem Haus deiner Schwester . . ."

„Verdammter Eindringling!" Henrique biß wütend die Zähne zusammen. Seine erste Regung war, mit den Fäusten auf Leôncio loszugehen und dessen unverschämten Spott mit Schlägen zu beantworten. Nach kurzer Überlegung jedoch

fühlte er, daß es vorteilhafter wäre, seinem Angreifer mit dessen eigener Waffe – dem Hohn – zu begegnen. Also beruhigte er sich und entgegnete mit hochmütigem Lächeln und voller Verachtung:
„Verzeihen Sie mir, Schwager! Ich wußte nicht, daß dieses wandelnde Schmuckstück Ihres Salons Ihnen so viel wert ist, daß es Sie dazu bringen kann, ihm nachzuspionieren; Sie machen sich wohl weitaus mehr Sorgen um sie als um den Respekt, den man Ihrem Hause und Ihrer Frau schuldig ist. Meine arme Schwester! Sie ist sehr einfältig, trotzdem wundert es mich, daß sie nicht schon vor längerer Zeit erkannt hat, mit welch großartigem Mann sie verheiratet ist.
„Was sagst du da, Bursche?" schrie Leôncio mit bedrohlicher Geste. „Wiederhole es! Was sagtest du eben?"
„Das, was Sie soeben gehört haben", erwiderte Henrique, „und seien Sie versichert, daß Ihr würdeloses Betragen meiner Schwester nicht mehr lange verborgen bleiben wird."
„Was für ein Betragen? Was faselst du da, Henrique?"
„Stellen Sie sich nicht dumm! Glauben Sie etwa, daß ich nicht alles weiß? Nun, adieu, Herr Leôncio; ich ziehe mich zurück, denn es wäre äußerst unwürdig und lächerlich meinerseits, wenn ich mich mit Ihnen um die Liebe einer Sklavin streiten würde."
„Warte, Henrique . . . hör zu!"
„Nein, nein, ich habe nichts mehr mit Ihnen zu besprechen."
„Adieu!" sagte er und stürzte aus dem Raum.
Leôncio war wie niedergeschmettert. Er bereute tausendmal, daß er so unbedacht gewesen war, den aufbrausenden jungen Mann derart herauszufordern. Er wußte nicht, daß Henrique sich im Sog der Leidenschaft für Isaura befand. Er wußte auch nichts von dessen Bemühungen, ihren Widerstand zu brechen und ihre Gunst zu erringen. In der Tat, er hatte mit ihm über Isaura gesprochen, ohne ein Blatt vor den Mund zu nehmen; aber einige Worte unter Männern lieferten Henrique keine

Grundlage für eine ernsthafte Beschuldigung Leôncios vor seiner Frau. Gewiß hatte ihm das Mädchen irgend etwas gesagt, und dies ließ ihn vor Wut und Ärger schäumen. Die Gefährdung des häuslichen Friedens interessierte ihn wenig, viel mehr ergrimmte ihn die Gefahr, in die er sich begeben hatte, als er die widerwärtigen Absichten, die er gegenüber der liebreizenden Sklavin hegte, durchkreuzt sah.
„Verflucht! Dieser Irre ist tatsächlich imstande, alle meine Pläne zu vereiteln. Wenn er irgend etwas weiß, und das scheint der Fall zu sein, wird er nicht zögern, Malvina alles zu Ohren zu bringen . . ."
Leôncio verharrte einige Augenblicke unbeweglich, mit düsterer Miene und von innerer Unruhe gequält. Dann ließ er seine Blicke umherschweifen und sah Isaura, die bei Leôncios Ankunft zitternd und keuchend in eine Ecke des Salons geeilt war, um sich dort zu verbergen. Sie hatte schweigend und angsterfüllt den Streit der beiden Männer verfolgt, wie ein verletztes Reh, das dem Gebrüll zweier Tiger lauscht, die um das Recht streiten, es zu verschlingen. Auch sie bereute aus tiefster Seele die unvorsichtige Enthüllung, die ihr in einem Anflug von Ungeduld entschlüpft war, und machte sich deswegen Vorwürfe. Ihre Unbedachtheit würde der Grund sein für Familienzwistigkeiten, deren hauptsächliches Opfer am Ende sie selbst sein würde. Der Streit zwischen den beiden Männern war wie der Zusammenstoß zweier Wolken gewesen, die sich am Himmel treffen, um dann friedlich weiterzusegeln; der Blitz jedoch, der daraus entstand, würde mit Gewißheit das Haupt der unglücklichen Gefangenen treffen.

4. KAPITEL

„Ach, du bist noch da? Du hast gut daran getan!" sagte Leôncio, sobald er der zitternden, verwirrten Isaura ansichtig wurde. Diese hatte es nicht gewagt, den Schutz des Zimmerwinkels zu verlassen, wo sie tausendfach zum Himmel gefleht hatte, daß ihr Herr sie nicht sehen, sich in diesem Augenblick nicht ihrer entsinnen möge. – „Isaura", fuhr er fort, „wie ich sehe, bist du in Liebesdingen ganz schön fortgeschritten! Du hast dir feine Sprüche von diesem Jüngling angehört . . ."

„Genauso, wie ich mir Ihre anhöre, mein Herr; weil mir nichts anderes übrigbleibt. Eine Sklavin, die sich traute, ihre Herren mit liebenden Augen anzusehen, verdiente die härteste Strafe."

„Hast du diesem Hitzkopf irgend etwas gesagt, Isaura?"

„Ich?" antwortete die Sklavin verstört. „Ich habe nichts gesagt, das Sie oder ihn hätte kränken können . . ." „Wäge deine Worte, Isaura; versuche nicht, mich zu täuschen! Hast du ihm nichts über mich erzählt?"

„Nichts!"

„Schwörst du es?"

„Ich schwöre es", stammelte Isaura.

„Isaura, Isaura! Nimm dich in acht! Wenn ich bis jetzt deiner Zurückweisung und Verachtung mit Geduld begegnet bin, heißt das noch lange nicht, daß ich bereit wäre zu ertragen, daß du in meinem Hause und vor meinen Augen dir die Komplimente eines anderen anhörst, wer auch immer er sein mag; und noch weniger werde ich dulden, daß du verrätst, was hier geschieht. Wenn du schon meine Liebe nicht willst, dann vermeide zumindest meinen Haß."

„Verzeihen Sie, Herr, was kann ich dafür, daß man mir nachstellt?"

„Du hast nicht ganz unrecht; ich sehe schon, ich werde

gezwungen sein, dich aus diesem Hause zu entfernen und dich irgendwo zu verstecken, wo man dich nicht sehen und begehren kann . . ."
„Wozu denn, Herr . . ."
„Genug davon; ich kann dir jetzt nicht zuhören, Isaura. Es schickt sich nicht, daß man uns in einsamer Unterhaltung antrifft. Ein andermal werde ich dir zuhören. Es muß verhindert werden, daß dieser Wirrkopf mich bei Malvina anschwärzt", murmelte Leôncio, während er sich zurückzog. „So ein Hund! Verflucht sei die Stunde, wo ich dich in mein Haus brachte!"
„Gebe Gott, daß sich niemals wieder eine Gelegenheit ergibt" — dachte Isaura traurig, als sie ihren Herrn gehen sah. Den ständigen und immer drängenderen Forderungen Leôncios sah sie ängstlich und zutiefst beunruhigt entgegen. Sie war entschlossen, bis zu ihrem Tode zu widerstehen, und erinnerte sich dabei an das Schicksal ihrer armen Mutter, deren Geschichte sie aus den heimlich zugeflüsterten Worten einiger alter Haussklaven gut kannte. Die Zukunft erschien ihr in den düstersten Farben. Die einzige Möglichkeit, um die Vorstöße Leôncios abzuwehren und zukünftiges Unglück zu verhindern, so schien ihr, war es, sich Malvina anzuvertrauen. Isaura liebte ihre junge Herrin jedoch zu sehr, um einen solchen Schritt zu wagen. Die friedliche und süße Welt der Illusion, in der diese lebte, wäre für immer zerstört durch eine Flut von Kummer und Bitternis.
Lieber würde sie sterben wie ihre Mutter, als Opfer grausamster Mißhandlungen, statt durch ihre Enthüllungen eine dunkle Wolke in den bis dahin so heiteren und ruhigen Himmel ihrer geliebten Herrin zu tragen.
Isauras Vater, der einzige Mensch auf der Welt, der sich außer Malvina für ihr Schicksal interessierte, war als armer Tagelöhner nicht imstande, sie vor den Verfolgungen und Gewalttätigkeiten, die ihr nun drohten, zu beschützen. In dieser

unbarmherzigen Lage blieb Isaura nichts anderes übrig, als heimlich ihr Unglück zu beweinen und zum Himmel zu flehen, denn nur von dort konnte in dieser mißlichen Lage Hilfe kommen.
Nun können wir gut verstehen, warum Isauras Stimme beim Singen ihres Lieblingsliedes so kummervoll klang. Malvina irrte, als sie ihre Traurigkeit einem Liebesleid zuschrieb. Um wieviel mehr hätte diese gutherzige und feinfühlige Dame Isaura bemitleidet, wenn sie den wahren Grund ihres Trübsinns erraten hätte!

5. KAPITEL

Isaura wachte aus ihren bitteren und schmerzlichen Sorgen auf, nahm ihr Nähkörbchen und wollte den Salon verlassen, entschlossen, den verborgensten Winkel des Hauses aufzusuchen oder sich in einem dichtbewachsenen Eck des Obstgartens zu verstecken. Dadurch hoffte sie, sich der Wiederholung solch unglücklicher und beschämender Auftritte zu entziehen. Kaum hatte sie die ersten Schritte getan, als sie von einer grotesken Figur aufgehalten wurde, die den Salon betrat und sich vor ihr aufstellte.
Es war ein monströses Wesen mit menschlichen Zügen, ein Homunkulus von gänzlich verbogener Gestalt, mit einem riesigen Kopf, rachitisch eingefallenem Brustkorb, kurzen, nach außen gebogenen Beinen, behaart wie ein Bär und häßlich wie ein Affe. Es erinnerte an jene unförmigen Hofnarren, die an den Herrscherhöfen des Mittelalters unentbehrlich für die Belustigung des Fürsten und seiner Höflinge gewesen waren. Die Natur hatte vergessen, ihn mit einem Hals auszustatten, so daß der unförmige Kopf aus einem

mächtigen Buckel entsprang. Sah man jedoch genauer hin, war das Gesicht gar nicht so unregelmäßig oder abstoßend, sondern drückte viel Besonnenheit, Fügsamkeit und Gutmütigkeit aus. Isaura hätte nun vor Angst aufgeschrien, wenn ihr diese wunderliche Figur nicht schon lange bekannt gewesen wäre, denn es handelte sich um niemand anderen als Herrn Belchior, einen treu ergebenen Insulaner, der seit langem, ungeachtet seiner mißlichen Erscheinung und seines beschränkten Geistes, das Amt des Gärtners auf dem Gut innehatte, das er würdig und gewissenhaft ausübte. Vielleicht wäre es richtiger, Blumen, das Symbol alles Schönen, Reinen und Zerbrechlichen, einem weniger abstoßenden Pfleger anzuvertrauen. Dennoch hatten das Schicksal oder eine Laune des Hausherren diesen Kontrast gewollt, möglicherweise um die Schönheit des einen auf Kosten der Häßlichkeit des anderen hervorzuheben.
In der einen Hand trug Belchior einen großen Strohhut, den er auf dem Boden schleifen ließ, und in der ausgestreckten anderen hielt er etwas, was eher ein Bündel aus den verschiedensten Blumen war als ein Blumenstrauß, in dessen Schatten er seine mißratene Gestalt zu verbergen suchte.
„Gnade mir Gott!" dachte Isaura, als ihre Augen den Gärtner erblickten. „Was für ein Schicksal! Das hat mir noch gefehlt! Wenigstens ist er der erträglichste von allen; die anderen verdrießen und quälen mich, dieser hier bringt mich wenigstens manchmal zum Lachen."
„Sie haben sich aber fein herausgeputzt, Herr Belchior! Was wünschen Sie denn?"
„Gnädigstes Fräulein, ich . . . ich wollte . . .", stammelte verwirrt der Gärtner.
„Gnädigstes Fräulein – ich? Wollen Sie sich auch über mich lustig machen, Herr Belchior?"
„Mich über Sie lustig machen, ich? Dazu wäre ich nicht imstande . . . die *Bürmer* mögen meine Zunge fressen, wenn

ich es Ihnen gegenüber an der gebührenden Hochachtung fehlen lassen sollte. Ich wollte Ihnen nur diese *Brumen* bringen, obwohl Sie selbst eine *Brume* sind . . ."

„Hören Sie auf damit, Herr Belchior. Nennen Sie mich doch nicht immerzu Gnädigste! Wenn Sie so weitermachen, werden wir uns noch zanken, und ich nehme Ihre *Brumen* nicht an! Ich bin Isaura, Sklavin der Gnädigsten Dona Malvina, haben Sie verstanden, Herr Belchior?"

„Das spielt keine Rolle; Sie sind die Königin meines Herzens, und ich würde mich glücklich schätzen, Ihnen die Füße küssen zu dürfen. Hör zu, Isaura . . ."

„Na endlich! So ist es gut."

„Schau, Isaura, ich bin ein armer Gärtner, das ist wahr; aber ich kann arbeiten, meinen Sparstrumpf wirst du nicht leer vorfinden, denn ich habe schon über tausend Cruzados darin. Wenn du mich gern hast wie ich dich, dann verschaffe ich dir die Freiheit und heirate dich, damit du nicht als die Sklavin von irgend jemandem herumlaufen mußt."

„Vielen Dank für Ihre guten Wünsche, Herr Belchior, aber Sie vergeuden Ihre Zeit. Meine Herren wollen mich für keine Summe dieser Welt freilassen."

„Ach! In der Tat! Wie *üvel* von ihnen! Die Königin aller Schönen so gefangenzuhalten! . . . Es macht nichts, Isaura. Lieber bin ich der Sklave einer Sklavin wie du, als Herr über die Herren von hunderttausend Sklaven. Du kannst dir nicht vorstellen, wie gern ich dich habe. Wenn ich meine *Brumen* begieße, muß ich immerzu an dich denken . . ."

„Ist das wahr? Hat man eine solche Liebe schon gesehen?"

„Isaura!" fuhr Belchior fort, indem er die Knie beugte, „hab' Erbarmen mit diesem armen Gefangenen."

„Stehen Sie auf, stehen Sie auf", unterbrach ihn Isaura ungeduldig. „Das wäre was, wenn meine Herrschaften Sie so sehen würden. Da sind sie schon! Ach, Herr Belchior!"

In der Tat beobachteten sie Leôncio von der einen Seite, Malvina und Henrique von der anderen.
Nachdem Henrique beleidigt und wütend auf seinen Schwager aus dem Salon gegangen war, hatte er seine Schwester im Eßzimmer angetroffen, wo sie den Kaffeetisch deckte; aufbrausend und leichtfertig, wie er war, hatte er nicht gezögert, sich bei ihr Luft zu machen mit Worten, die im Herzen der jungen Frau Mißtrauen und Unruhe säten.
„Dein Mann, Malvina, ist ein elender Schuft", stieß er hervor und schnaubte dabei vor Wut.
„Was sagst du da, Henrique? Hat er dir etwas getan?" fragte die junge Frau, überrascht von diesem Ausbruch.
„Du tust mir leid, Schwester. Wenn du wüßtest . . . So eine Niederträchtigkeit!"
„Du bist verrückt, Henrique! Was ist denn los?"
„Gebe Gott, daß du es niemals erfährst! Was für eine Gemeinheit!"
„Was ist passiert, Henrique? Sprich", rief Malvina atemlos und blaß vor Erregung aus.
„Reg dich nicht so auf, Schwester", antwortete Henrique, der seine leidenschaftlichen Worte bereits bereute. Zu spät sah er ein, daß er die traurige und bedauernswerte Rolle des Boten übernahm, der Zwietracht und Mißtrauen zwischen die beiden Eheleute bringen sollte, die bis dahin in friedlicher Eintracht gelebt hatten. Vergebens versuchte er, die Wirkung seiner verhängnisvollen Indiskretion zu mildern.
„Beunruhige dich nicht, Malvina", fuhr er fort, indem er ein Lächeln versuchte, „dein Mann ist ein ausgemachter Streithahn, das ist alles. Du brauchst aber nicht zu befürchten, daß wir uns duellieren."
„Aber du schäumtest vor Wut, als du hereinkamst, deine Augen spien Feuer, und du schienst . . ."
„Ach, was! Kennst du mich nicht? Ich war schon immer so; jede Kleinigkeit bringt mich zur Weißglut, aber es geht schnell wieder vorbei!"

„Du hast mich aber so erschreckt!"
„Du Arme! Nimm dies." Henrique bot ihr zur Beruhigung eine Tasse Kaffee an.
Malvina versuchte ruhiger zu werden, doch die Worte ihres Bruders waren tief in ihr Herz gedrungen und hatten wie der Biß einer Viper darin das Gift des Mißtrauens hinterlassen. Von einem Augenblick auf den anderen hatte sich die Zwietracht in das Herz dieser Familie, die vor kurzem noch in Frieden und Eintracht miteinander gelebt hatte, eingeschlichen. Nachdem sie zusammen mit Leôncio Kaffee getrunken hatten, zogen sie sich in den Salon zurück: Henrique und Malvina Arm in Arm durch den weitläufigen Eingangskorridor, Leôncio einsam auf einem anderen Weg.
Sie kamen noch rechtzeitig, um dem Schlußakt der lächerlichen Szene beizuwohnen, die Belchior zu Isauras Füßen spielte. Leôncio jedoch, der die beiden durch einen Spalt in den leichtgeöffneten Vorhängen eines Alkovens beobachtete, konnte Henrique und Malvina nicht sehen, die im Korridor an der Eingangstüre zum Salon stehengeblieben waren.
–„Oh!" rief er aus, als Belchior sich zu Isauras Füßen warf. „Ich habe wohl zu Hause ein Idol, vor dem alle zur Anbetung niederknien! Sogar mein Gärtner! Ich grüße Sie, Herr Belchior, das machen Sie aber fein! Nur weiter mit dieser Posse, sie ist nicht schlecht. Aber wir brauchen Sie nicht zu Pflege *dieser* Blume, verstehen Sie mich, Herr Belchior?"
„Verzeihen Sie, mein Herr", stotterte der Gärtner. Belchior erhob sich zitternd. „Ich wollte diese *Brumen* bringen für die *Basen* im Salon . . ."
„Und sie auf Knien darbieten! Wie galant! Wenn Sie weiterhin den Galan spielen, sage ich Ihnen, werde ich Sie aus dieser Tür werfen, indem ich Ihnen zwei Fußtritte auf diesen Buckel versetze!"
Verwirrt und betäubt wankte Belchior aus dem Salon.
„Isaura, meine Isaura!" rief Leôncio, trat aus dem Alkoven

und schritt mit weit geöffneten Armen auf Isaura zu; dabei klang seine Stimme nicht mehr hart und streng, sondern weich und zärtlich.
Ein schriller Schmerzenslaut, der im Salon widerhallte, ließ ihn jedoch abrupt verstummen. Er erblickte Malvina, die mitten in der Tür stand, blaß und aufgelöst, das Gesicht an der Schulter ihres Bruders verborgen, der sie stützte.
„Ach! Mein Bruder! Nun verstehe ich alles, was du mir noch vor kurzem sagtest." Die eine Hand auf dem Herzen, das ihr vor Kummer zerspringen wollte, in der anderen ein Taschentuch, um die Tränen zu verbergen, die aus ihren schönen Augen sprangen, rannte sie davon, um sich in ihrem Zimmer einzuschließen.
Lange noch schritt Leôncio hastig und aufgebracht von dem einen zum anderen Salonende, verärgert über diesen Zwischenfall, wütend auf seinen Schwager, dessen Leichtsinn er die verhängnisvollen Ereignisse dieses Morgens zuschrieb. All seine Pläne in bezug auf Isaura waren bedroht. Er sann über eine Möglichkeit nach, den Schwierigkeiten zu entkommen, die sich anbahnten.
Isaura, die in weniger als einer Stunde drei Angriffen gegen ihre Ehre und Unberührtheit widerstanden hatte, rannte verschreckt und beschämt von dannen, um sich in den Orangenhainen zu verstecken wie ein ängstliches Kaninchen, das das Bellen der blutrünstigen Jagdhunde vernimmt.
Henrique war zutiefst empört über seinen Schwager und wollte ihn nicht sehen. Mit dem Gewehr in der Hand verließ er das Haus, entschlossen, den ganzen Tag bei der Vogeljagd im Walde zu verbringen, und sich mit Anbruch des nächsten Tages unverzüglich auf die Rückreise in die Hauptstadt zu begeben. Die Sklaven waren erstaunt, Leôncio zur Mittagszeit allein am Tische vorzufinden. Er ließ Malvina rufen, diese jedoch gab eine Unpäßlichkeit vor und weigerte sich, ihr Zimmer zu verlassen. Seine erste Reaktion war jähzornig und

brutal; es hätte nicht viel gefehlt, und er hätte das Tischtuch, die Teller, Bestecke und alles andere in die Luft geworfen, wäre auf die Suche gegangen nach dem hirnlosen, unverschämten Jüngling, der zur Unzeit in sein Haus gekommen war und die Ruhe seines Familienlebens zerstört hatte. Er besann sich jedoch rechtzeitig und beschloß, nicht klein beizugeben und den Vorwürfen seiner Frau und der schlechten Laune seines Schwagers mit größter Gleichgültigkeit, ja Verachtung entgegenzutreten. Überzeugt davon, daß es schwierig, fast unmöglich sein würde, sein verwerfliches Tun vor den Augen seiner Frau verborgen zu halten; unfähig jedoch, von seinen Plänen abzusehen und um Verzeihung zu bitten, beschloß er, sich hinter einem Schild von Zynismus und Gleichgültigkeit vor dem Sturm zu schützen, der nun auf sein Haupt niedergehen würde. Sein Ziel hatten ihm sein Stolz und die schlechte Meinung, die er von allen Frauen hatte, diktiert.

Nach dem Mittagessen nahm Leôncio ein Pferd und ritt über die Äcker und Kaffeefelder, wie er es sonst sehr selten tat. Als die Sonne sich neigte, kehrte er zurück, aß mit großer Ruhe und ausgezeichnetem Appetit zu Abend und begab sich in den Salon, wo er sich auf einem weichen und frischen Sofa breitmachte und seelenruhig seine Havanna rauchte.

Unterdessen war Henrique von seinem Jagdausflug zurückgekehrt, und nachdem er seine Schwester vergebens in allen Winkeln des Hauses gesucht hatte, fand er sie schließlich in ihrem Schlafzimmer eingeschlossen, blaß und entstellt, die Augen vom vielen Weinen gerötet und geschwollen.

„Wo bist du denn gewesen, Henrique? Ich hätte dich so dringend gebraucht!" rief die junge Frau aus, als sie den Bruder erblickte. – „Welch schlechte Manieren, mich so allein zu lassen!"

„Allein? Lebtest du nicht bisher ohne mich, in der Gesellschaft deines großartigen Ehemannes?"

„Sprich nicht von diesem Mann . . . ich war geblendet; jetzt erkenne ich, daß ich besser allein gelebt hätte als mit diesem Widerling."

„Ein Glück, daß du mit eigenen Augen gesehen hast, was ich dir nicht zu sagen wagte. Was hast du nun vor?"

„Du wirst es gleich sehen . . . Wo ist er? Hast du ihn irgendwo gesehen?"

„Wenn ich mich nicht irre, habe ich ihn im Salon gesehen; dort lag jemand auf dem Sofa."

„Also gut, Henrique, begleite mich dorthin."

„Warum gehst du denn nicht allein? Du würdest mir den Verdruß ersparen, diesem Mann ins Gesicht blicken zu müssen."

„Nein, nein, du mußt mit mir gehen; aus diesem Grund habe ich auf dich gewartet. Ich brauche jemanden, der mich unterstützt und ermutigt. Jetzt habe ich sogar Angst vor ihm." – „Ich verstehe. Du möchtest, daß ich dir als Leibwache diene, damit du diesen Lump auf deine Art beschimpfen kannst. Nun gut; ich stehe gerne zu deiner Verfügung, wir werden schon sehen, ob dieser Schuft die Frechheit besitzt, dich respektlos zu behandeln. Gehen wir!"

6. KAPITEL

„Herr Leôncio", begann Malvina empört. Sie näherte sich dem Sofa, auf dem ihr Mann lag. – „Ich möchte zwei Worte mit Ihnen reden, wenn es Sie nicht inkommodiert."

„Ich stehe immer zu deiner Verfügung, meine liebe Malvina." Leôncio erhob sich flink und lächelnd vom Sofa, so als hätte er den förmlichen Ton, in dem Malvina zu ihm sprach, nicht bemerkt. – „Was wünschst du von mir?" – „Ich möchte

Ihnen sagen", fuhr sie in gestrengem Ton fort, während sie sich vergeblich bemühte, ihrem schönen und lieblichen Antlitz ein grimmiges Aussehen zu verleihen, „ich möchte Ihnen sagen, daß Sie mich auf die unwürdigste und unredlichste Art in Ihrem Hause beleidigen und hintergehen!"

„Heiliger Gott! Was redest du denn da, meine Liebe? Drück dich bitte genauer aus, ich verstehe kein einziges Wort von dem, was du sagst!"

„Sie spielen vergeblich den Überraschten; Sie wissen genau, weswegen ich so verbittert bin. Ich hätte schon vor langer Zeit Ihr schändliches Verhalten erkennen sollen; seit langem sind Sie schon nicht mehr derselbe zu mir und behandeln mich mit Kälte und Gleichgültigkeit . . ."

„Ach, mein Herz, wolltest du etwa, daß die Flitterwochen ewig dauern? Das wäre doch fürchterlich langweilig!"

„Sie machen sich auch noch über mich lustig, abscheulicher Mensch!" schrie Malvina. Diesmal erröteten ihre Wangen noch tiefer, aus ihren Augen schossen wütende Blitze.

„Reg dich nicht so auf, Malvina! Ich scherzte", sagte Leôncio und versuchte, ihre Hand zu fassen.

„Da haben Sie sich aber eine gute Gelegenheit zum Scherzen ausgesucht! Lassen Sie mich, mein Herr! Was für eine Infamie! Welch eine Schande für uns beide!"

„Aber kannst du mir nicht endlich alles erklären?"

„Es gibt nichts zu erklären; Sie verstehen mich sehr gut. Ich kann nur noch fordern . . ."

„Dann fordere, Malvina!"

„Tun Sie etwas mit dieser Sklavin, zu deren Füßen Sie sich aufs widerwärtigste zu knien pflegen. Lassen Sie sie frei, verkaufen Sie sie, tun Sie, was Sie wollen. Aber eine von uns beiden muß für immer dieses Haus verlassen, und das heute noch. Wählen Sie! Entweder sie oder ich!"

„Heute noch?"

„Und zwar sofort!"

„Du bist sehr streng und ungerecht zu mir, Malvina", entgegnete Leôncio nach einem Augenblick des Staunens zögernd. – Du weißt sehr wohl, daß ich bereit bin Isaura freizulassen. Hängt das aber allein von mir ab? Es ist Sache meines Vaters, das zu tun, was du von mir verlangst."
„Was für eine erbärmliche Ausrede, mein Herr! Ihr Vater hat Ihnen bereits das Gut und die Sklaven übergeben. Er wird alles gutheißen, was Sie tun. Wenn Sie jedoch Isaura mir vorziehen sollten . . ."
„Malvina! Du sollst nicht lästern!"
„Lästern? Wer weiß? Aber tun Sie endlich irgend etwas mit diesem jungen Ding, wenn Sie mich nicht für immer aus Ihrem Hause vertreiben wollen. Was mich angeht, so möchte ich Sie keinen Augenblick länger zu meinen Diensten haben; sie ist zu hübsch für eine Haussklavin."
„Was habe ich Ihnen gesagt, Herr Leôncio?" kam ihr Henrique zu Hilfe. Beschämt und der stummen Rolle eines Leibwächters müde geworden, hatte er beschlossen, ebenfalls an dem Streitgespräch teilzunehmen. „Sehen Sie nun? Dies ist das Ergebnis dessen, daß Sie darauf beharren, Ihr Schmuckstück im Wohnzimmer auszustellen . . ."
„Solche Schmuckstücke wären nicht so gefährlich, wenn es nicht Tratschmäuler gäbe, die keinen Augenblick zögern, den Frieden fremder Häuser zu zerstören, nur um ihre eigenen Absichten zu verwirklichen."
„Halt, mein Herr! Ich wollte nur verhindern, daß Sie Ihr Schmuckstück vom Wohnzimmer in den Alkoven tragen, verstehen Sie? Der Skandal würde früher oder später allgemein bekannt. Niemand kann mich dazu zwingen, tatenlos zuzusehen, wie meine Schwester Schimpf und Schande ausgesetzt wird!"
„Herr Henrique!" schrie Leôncio. Wutschnaubend und mit bedrohlicher Geste schritt er auf seinen Schwager zu.
„Genug, es reicht!" Malvina stellte sich zwischen die

beiden. „Ein solcher Streit aus einem solchen Grund ist überflüssig und beschämend für uns alle. Ich habe Leôncio bereits mitgeteilt, was ich ihm mitzuteilen hatte; er soll entscheiden. Er soll tun, was er für gut hält. Wenn er sich wie ein mutiger und ehrenhafter Mann verhalten will, dann ist noch Zeit dazu. Wenn nicht, soll er mich in Ruhe lassen, und ich werde ihn mit der Verachtung behandeln, die er verdient."

„Malvina! Ich bin zu allem bereit, um dich zu beruhigen; du sollst aber wissen, daß ich deinen Wunsch nicht erfüllen kann, ohne meinen Vater, der in der Hauptstadt ist, vorher zu befragen. Außerdem mußt du wissen, daß mein Vater keinerlei Absicht hegt, Isaura freizulassen. Das geht so weit, daß er, um den Belästigungen ihres Vaters zu entgehen, der sie um jeden Preis freikaufen möchte, eine derart unverschämte Summe verlangt hat, daß es dem armen Mann unmöglich sein wird, sie zu beschaffen."

„Ist jemand zu Hause? Darf ich eintreten?" ertönte in diesem Augenblick eine sonore Stimme; zugleich hörte man Schritte auf der Verandatreppe.

„Wer auch immer Sie sind, kommen Sie nur herein", rief Leôncio. Er dankte dem Himmel, daß im rechten Augenblick Besuch kam, der dieses lästige Gespräch beendete und ihn aus seinen Schwierigkeiten befreite.

Wie wir jedoch sehr bald sehen werden, hatte er wenig Grund, sich zu freuen. Denn der Besucher war Miguel, Isauras Vater, ein ehemaliger Aufseher des Gutes, den Leôncios Vater grob hinausgeworfen hatte.

Leôncio kannte ihn noch nicht und empfing ihn daher mit großer Liebenswürdigkeit.

„Nehmen Sie bitte Platz", sagte er, „und sagen Sie uns, welchem Anlaß wir die Ehre Ihres Besuches verdanken."

„Vielen Dank!" sagte der Neuankömmling, nachdem er Henrique und Malvina höflich begrüßt hatte. „Sie sind sicherlich Herr Leôncio?"

„Zu Ihren Diensten."
„Nun gut! Da Ihr Herr Vater nicht da ist, werde ich mit Ihnen sprechen. Die Angelegenheit ist einfach, und ich nehme an, daß ich vor diesen Herrschaften sprechen kann, die wohl zur Familie gehören."
„Natürlich! Wir haben keine Geheimnisse voreinander."
„Nun, mein Herr, dies ist der Grund meines Besuches", sagte Miguel. Er zog aus der Tasche seines weiten Überrockes eine Brieftasche und hielt sie Leôncio hin. „Öffnen Sie bitte diese Brieftasche; darin werden Sie den Betrag finden, den Ihr Herr Vater für die Freilassung einer Sklavin dieses Hauses verlangt hat. Sie heißt Isaura."
Leôncio wurde blaß, nahm mechanisch die Brieftasche und starrte für einige Augenblicke an die Zimmerdecke.
„Demnach", sagte er endlich, „sind Sie wohl der Vater . . . besser gesagt, derjenige, von dem man sagt, er sei der Vater der genannten Sklavin; sie sind Herr . . . ich entsinne mich nicht Ihres Namens . . ."
„Miguel, Ihr ergebener Diener."
„Ja, das war Ihr Name, ja, Herr Miguel. Es freut mich sehr, daß Sie die Mittel beschaffen konnten, um das Mädchen freizukaufen; sie hat dieses Opfer wohl verdient."
Nutzen wir die Gelegenheit, während Leôncio die Brieftasche öffnet und das Geld sehr bedächtig zählt, in der Absicht, Zeit zum Überlegen zu gewinnen. Betrachten wir den rechtschaffenen Portugiesen, mit dem wir uns bisher nur am Rande beschäftigt haben.
Er war ein Mann von über fünfzig Jahren; sein klares und offenes Gesicht verriet Aufrichtigkeit und Anständigkeit.
Manieren und Sprechweise ließen erkennen, daß dieser Mann nicht wie die meisten seiner Landsleute von der Gier nach Reichtum getrieben nach Brasilien gekommen war. Seine Umgangsformen und seine Ausdrucksweise waren die eines wohlerzogenen Mannes. In der Tat war Miguel der Sohn

einer rechtschaffenen und angesehenen Familie von Miguelisten[1], die nach Brasilien ausgewandert war. Seine Eltern, Opfer politischer Verfolgungen, waren gestorben, ohne dem damals zwanzigjährigen Sohn etwas zu hinterlassen. Allein und mittellos, sah er sich gezwungen, von seiner Hände Arbeit zu leben. So betätigte er sich als Gärtner und Gemüsebauer, was er als Sohn von Landbesitzern mit bester Sachkenntnis bewerkstelligte.

Als Leôncios Vater ihn kennenlernte, erkannte er Miguels Fähigkeiten und engagierte ihn zu besten Bedingungen als Aufseher für sein Gut. Dort hatte Miguel viele Jahre gearbeitet, von allen geachtet und geliebt, bis ihn jene verhängnisvolle, doch leicht entschuldbare Schwäche überkam, von der wir bereits wissen, und die zu seiner Entlassung durch den Komtur führte. Miguel war tief gekränkt und grämte sich sehr, weniger seinetwegen als aus Liebe zu den beiden unglücklichen Geschöpfen, die er nicht mehr vor dem Zorn seines brutalen Herren schützen konnte. Er mußte sich jedoch in sein Schicksal fügen. An Angeboten aus den umliegenden Gütern fehlte es ihm nicht. Jeder Landbesitzer kannte ihn und hätte ihn mit offenen Armen aufgenommen; schwierig war nur, sich zu entscheiden. Er wählte das nächstgelegene Gut, um seiner lieben Tochter so nah wie möglich zu sein.

Da der Komtur sich fast immer in der Hauptstadt oder in Campos aufhielt, bot sich Miguel häufig Gelegenheit, das Mädchen, zu dem er eine immer tiefere Zuneigung faßte, zu sehen. Die Frau des Komtur ließ ihn in dessen Abwesenheit ungehindert ins Haus, um seine Tochter zu besuchen; so lebte Miguel getrost und zufrieden. In der Tat hatte der Himmel seiner Tochter in der Person ihrer Herrin eine zweite Mutter

---

1 Anhänger der politischen Partei D. Miguel de Bragangas, portugiesischer König; 1802–1866) im Kampf gegen seinen Bruder D. Pedro IV. (D. Pedro I. in Brasilien) um den portugiesischen Thron.

gegeben, so gütig und aufopfernd, wie die erste nur hätte sein können, doch viel mehr als diese in der Lage, sein Kind zu beschützen. Der plötzliche Tod der edelgesinnten Dame machte jedoch all seine Erwartungen mit einem Schlag zunichte.

Doch die Liebe in Miguels Seele war stärker als der Haß. Er überwand seinen Widerwillen, ging zum Komtur und zögerte nicht, sich vor diesem zu erniedrigen. Er belästigte ihn mit seinem Flehen und bat ihn unter Tränen, einen Preis für Isauras Freiheit zu nennen.

„Sie ist unbezahlbar; sie wird immer mir gehören", hatte hochmütig der Unbarmherzige dem aufgeregten Vater geantwortet. Bis er schließlich eines Tages, um den drängenden Bitten Miguels zu entgehen, diesem unwirsch entgegnete:

„Mann Gottes, bringen Sie mir innerhalb eines Jahres zehn Contos de réis, und ich gebe Ihnen Ihre Tochter; aber nun lassen Sie mich in Frieden. Wenn Sie nicht innerhalb der Frist kommen, können Sie ihre Hoffnungen begraben."

„Zehn Contos de réis! Das ist eine zu hohe Summe für mich . . . Das macht aber nichts. Isaura ist mehr wert als das, Herr Komtur. Ich werde das Unmögliche vollbringen und Ihnen binnen Jahresfrist das Geld bringen. Ich vertraue Gott, er wird mir helfen."

Am Ende des Jahres hatte der arme Mann trotz harter Arbeit, trotz aller Entbehrungen und trotz des Verkaufs alles Überflüssigen erst die Hälfte der verlangten Summe zusammen. Er mußte sich an seinen großzügigen neuen Arbeitgeber wenden. Als dieser erfuhr, für welchen Zweck das Geld bestimmt war, welch beschämender Lage sein Aufseher ausgesetzt war, zögerte er nicht, ihm die erforderliche Summe als Lohnvorauszahlung zu geben.

Leôncio, der es wie sein Vater für ausgeschlossen hielt, daß Miguel in einem Jahr eine so beträchtliche Summe aufbringen könnte, war verblüfft und sehr verärgert, als dieser kam, um sie ihm zu geben.

„Zehn Contos“, sagte schließlich Leôncio, nachdem er das Geld zu Ende gezählt hatte. „Dies ist genau die Summe, die mein Vater verlangt hat.“ – „Wie dumm und geizig mein Vater ist“, murmelte er zu sich, „nicht mal für hundert Contos würde ich sie hergeben.“ – „Herr Miguel“, fuhr er laut fort und gab diesem die Brieftasche zurück, „nehmen Sie Ihr Geld vorläufig wieder an sich. Isaura gehört Ihnen noch nicht; nur mein Vater kann über sie verfügen. Er befindet sich in der Hauptstadt, und ich habe keinerlei Befugnisse, ein solches Geschäft abzuschließen. Besprechen Sie das mit ihm.“

„Aber Sie sind doch sein Sohn und alleiniger Erbe, Sie könnten sehr wohl allein . . .“

„Halt, Herr Miguel! Leider lebt mein Vater noch, und es ist mir nicht gestattet, jetzt schon über sein Vermögen zu verfügen.“

„Trotzdem, mein Herr; seien Sie so gütig und nehmen Sie dieses Geld, schicken Sie es Ihrem Vater. Bitten Sie ihn in meinem Namen, sein Versprechen zu halten und Isaura freizulassen.“

„Zweifelst du noch, Leôncio?“ rief Malvina ungeduldig und erbost über die Ausflüchte ihres Mannes. „Schreib, schreib sobald als möglich deinem Vater; du würdest dich unehrenhaft verhalten, wenn du nicht zur Freilassung dieses Mädchens beitragen würdest!“

Von den gebieterischen Blicken seiner Frau und den Umständen gezwungen, konnte Leôncio nicht anders. Mit düsterer Miene setzte er sich an einen Tisch, auf dem sich Papier und Tinte befanden. Malvina und Henrique unterhielten sich leise an einem Fenster. Miguel saß in der entgegengesetzten Ecke des Salons und wartete ungeduldig, als Isaura, die ihn von ihrem Versteck im Garten aus hatte kommen sehen,

unbemerkt in den Raum trat und sich vor ihn stellte. Zwischen Vater und Tochter entspann sich ein halblauter Dialog:
„Mein Vater! Was führt Sie hierher? Wie ich sehe, sind Sie fröhlicher als gewöhnlich."
„Sei still", murmelte Miguel. Er legte den Finger an die Lippen und deutete auf Leôncio. „Es geht um deine Freiheit."
„Wirklich, Vater? Wie haben Sie das geschafft?"
„Na, wie denn wohl? Mit Gold aufgewogen. Ich habe dich gekauft, mein Kind, und bald wirst du endlich mir gehören."
„Ach, liebster Vater! Wie gut Sie zu mir sind! Wenn Sie wüßten, wie viele mir heute schon die Freiheit angeboten haben ... aber zu welchem Preis, mein Gott! Ich wage gar nicht, es Ihnen zu erzählen. Mein Herz hat gewußt", fuhr sie fort, indem sie Miguels Hände mit inniger Zärtlichkeit küßte, „daß ich die Freiheit nur von den Händen desjenigen erhalten würde, der mir auch das Leben geschenkt hat!"
„Ja, liebe Isaura!" Der Alte drückte sie ans Herz. „Der Himmel hat uns beigestanden. Bald wirst du mir gehören, für immer!"
„Hat er eingewilligt?" fragte Isaura und deutete auf Leôncio.
„Das hat nicht er zu entscheiden, sondern sein Vater, dem er gerade schreibt."
„In diesem Fall bleibt mir einige Hoffnung; wenn jedoch mein Schicksal von diesem Mann abhängen sollte, werde ich für immer Sklavin bleiben."
„Verflucht! In drei Teufels Namen!" Leôncio stand auf und schlug mit der Faust auf den Tisch. „Was soll ich bloß tun, um diese unvergleichliche Dummheit meines Vaters rückgängig zu machen?"
„Hast du schon geschrieben, Leôncio?" fragte Malvina.
Bevor Leôncio diese Frage beantworten konnte, trat ein Diener in den Salon und übergab ihm einen schwarzumrandeten Umschlag.
„Eine Todesanzeige! Wer könnte es denn sein?" rief Leôncio

und öffnete zitternd den Brief. Nachdem er ihn kurz überflogen hatte, warf er sich auf einen Stuhl, hielt sich ein Taschentuch vor die Augen und schluchzte.
Malvina wurde schreckensbleich. Sie nahm den Brief und begann mit stockender Stimme zu lesen:
„Leôncio, ich muß dir eine traurige Mitteilung machen, auf die dein Herz nicht vorbereitet sein konnte. Es ist ein Schlag, dem wir alle irgendwann ausgesetzt sind und den du gefaßt ertragen mußt. Dein Vater ist nicht mehr; er ist vorgestern unerwartet an einem Gehirnschlag verstorben . . . .“
Malvina konnte nicht weiterlesen; sie vergaß sämtliche Beleidigungen und alles, was ihr an diesem unheilvollen Tage widerfahren war. Sie umarmte ihren Mann inniglich, und ihre Tränen vermischten sich mit den seinen.
„Ach, mein Vater! Jetzt ist alles verloren!“ schrie Isaura und ließ das schöne Haupt auf Miguels Brust sinken. „Alle unsere Hoffnungen sind dahin!“
„Wer weiß, mein Kind“, erwiderte der Vater ernst. „Laß uns nicht verzweifeln; Gottes Macht ist groß!“

7. KAPITEL

Auf Leôncios Gut gab es einen großen, grob gezimmerten Saal, in dem die Sklavinnen Wolle und Baumwolle spannen und webten. Die Einrichtung bestand aus Schemeln, Hockern, Bänken, Spinnrädern, Haspeln und einem großen Webstuhl, der in einer Ecke stand.
Entlang des Saales, vor breiten, von Geländersäulen eingefaßten Fenstern, die auf einen weitläufigen Innenhof hinausgingen, saßen in einer langen Reihe die Spinnerinnen, etwa zwanzig bis dreißig Negerinnen, Kreolinnen und Mulattinnen.

Ihre kleinen Kinder hatten sie auf dem Schoß, oder sie spielten um sie herum auf dem Fußboden. Einige unterhielten sich, andere trällerten vor sich hin, um die langen Arbeitsstunden zu verkürzen. Es waren Gesichter jeden Alters, jeder Farbe und Form, von der mürrischen und verhärmten alten Afrikanerin bis zur rundlichen, schimmernden Kreolin, von der pechschwarzen Negerin bis zur fast weißen Mulattin.

Unter den letzteren fiel ein junges Mädchen auf, so anmutig, wie man es sich nur vorstellen kann. Sie hatte eine schlanke und biegsame Figur, ein zartes Gesicht, ein wenig zu volle, aber wohlgeformte Lippen, sinnlich, feucht und rot wie ein frisch erblühtes Fleißiges Lieschen an einem Aprilmorgen. Die schwarzen Augen waren nicht allzu groß, aber von einer bezaubernden Lebhaftigkeit. Die pechschwarzen, gelockten Haare hätten das Haupt eines weißen Edelfräuleins aus Übersee schmücken können. Sie trug sie jedoch kurz wie ein Mann und gut frisiert. Dies nahm ihr keineswegs die Grazie, verlieh ihrem schalkhaften und frechen Gesicht vielmehr eine originelle und zauberhafte Note. Wären nicht die kleinen goldenen Ohrringe, die an ihren zierlichen Ohren baumelten, und die prallen Brüste gewesen, die wie zwei verspielte Zicklein unter dem durchsichtigen Hemd hüpften, hätte man sie für einen kessen, etwas vorwitzigen Jungen halten können. Wir werden bald erfahren, von welch übler Sorte dieses Kind war, das den hübschen Namen Rosa trug.

Aufmerksame Ohren hätten zwischen den summenden Rädern, dem eintönigen Gesang der Spinnerinnen, dem rhythmischen Getöse des Webstuhles und dem Quieken lärmender Kinder folgendes scheue und halblaute Gespräch zwischen einigen Spinnerinnen hören können, unter denen sich auch Rosa befand:

„Meine Kameradinnen“, sagte eine alte, gewitzte Kreolin, die alle Geheimnisse des Hauses seit der Zeit der alten Herrschaften kannte, „jetzt, wo der alte Herr gestorben und Dona

Malvina in das Haus ihres Vaters zurückgekehrt ist, werden wir erst richtig erleben, was es heißt, Sklave zu sein." „Wie meinen Sie das, Januaria?"
„Wie ich das meine? Ihr werdet schon sehen. Ihr wißt sehr gut, daß mit dem alten Herrn nicht gut Kirschen essen war. Es gibt aber ein Sprichwort: Wer nach mir kommt, wird mich gut erscheinen lassen. Dieser junge Herr Leôncio, hm! Gebe Gott, daß ich mich irre . . . Mir scheint, wir werden uns noch nach dem alten Herren sehnen . . ."
„Um Himmels willen! Heilige Maria! Sprechen Sie nicht so, Januaria! Besser, man bringt uns gleich um . . ."
„Dieser will nichts von Spinnen und Weben wissen, nee; wir werden bald alle auf die Felder müssen, von früh bis spät die Hacke schwingen oder Kaffee pflücken, die Peitsche des Aufsehers im Genick. Ihr werdet schon sehen. Was er will, ist Kaffee und nochmals Kaffee, denn das ist es, was Geld bringt." „Ich weiß nicht, was schlimmer ist", meinte eine andere, „mit der Hacke auf den Feldern zu arbeiten oder vom Morgengrauen bis nachts um neun, zehn ans Spinnrad gefesselt zu sein. Mir scheint, daß wir uns dort wenigstens ein bißchen freier bewegen können."
„Freier bewegen! Ach wo!" rief eine dritte aus. „Tausendmal lieber hier! Hier sind wir wenigstens den verfluchten Aufseher los!"
„Ach was, Kinder", gab die alte Kreolin zu bedenken, „gefangen ist gefangen. Wer das Unglück hatte, als Sklave eines bösen Herren geboren zu werden, der wird immer leiden, egal, wo er ist. Gefangenschaft ist eine üble Sache; nicht Gott hat sie erfunden, sondern der Teufel. Habt ihr nicht gesehen, was mit der armen Juliana geschehen ist, Isauras Mutter?"
„Dabei fällt mir ein", unterbrach sie eine der Spinnerinnen, „was macht denn jetzt Isaura? Solange Dona Malvina da war, spielte sie die große Dame im Salon, und jetzt . . ."

„Jetzt spielt sie die Rolle von Dona Malvina", kam ihr Rosa mit einem spöttischen und boshaften Lächeln zur Hilfe.
„Halt den Mund, Mädchen!" rief mit strenger Stimme die alte Kreolin. „Laß dieses Gerede! Die arme Isaura! Danke Gott, daß du nicht in der Haut dieses armen Mädchens steckst! Wenn ihr wüßtet, wie sehr ihre arme Mutter gelitten hat! Ach! Der Alte war wirklich ein Bösewicht, Gott verzeih es dir! Nun läuft die Sache mit Leôncio und Isaura in dieselbe Richtung. Juliana war eine hübsche, aufgeweckte Mulattin; sie hatte Rosas Hautfarbe, war aber noch hübscher und besser gebaut . . ."
Rosa verzog den Mund und machte eine verächtliche Grimasse.
„Aber genau das war ihr Verderben, das arme Ding!" fuhr die alte Kreolin fort. „Sie hat dem alten Herrn gefallen . . . Ich habe euch schon erzählt, was dann geschehen ist. Juliana hatte viel Schneid, deswegen mußte sie leiden, bis sie starb. Damals war Miguel der Aufseher, der Vater von Isaura. Jeder hatte ihn gern. Alles hatte seine Ordnung. Aber dieser Francisco, der jetzt hier ist, mit dem ist es ein Kreuz! Wie gesagt, Herr Miguel mochte Juliana sehr gern und arbeitete ohne Unterlaß, um das Geld für ihren Freilassungsbrief zusammenzukriegen. Der Alte wollte aber nichts davon wissen, wurde sehr böse und jagte den Aufseher davon.
Juliana hat es dann auch nicht mehr lange gemacht; Peitsche und Arbeit haben sie in kurzer Zeit ins Grab gebracht. Da blieb nun das arme Mädchen, noch ein Brustkind, und wäre nicht die alte Herrin gewesen, eine wahre Heilige, weiß Gott, was dann aus ihr geworden wäre! Armes Ding! Gott hätte sie besser gleich zu sich genommen!"
„Wieso denn, Januaria?"
„Weil mir scheint, daß ihr das gleiche Los wie ihrer Mutter bevorsteht."
„Verdient denn diese Hochstaplerin etwas anderes?" mur-

melte die neidische und böswillige Rosa. „Weil sie im Wohnzimmer bedient, glaubt sie, sie sei etwas Besseres als die anderen. Nun macht sie sogar weißen Männern schöne Augen. Nur weil ihr Vater sie freikaufen will, denkt sie, sie sei eine große Dame. Armer Herr Miguel! Woher soll er denn das Geld hernehmen, um sie freizukaufen?"
„Was für eine böse Zunge diese Rosa hat!" Die alte Kreolin warf der jungen Mulattin einen tadelnden Blick zu. „Was hat dir denn Isaura Böses getan? Sie ist eine sanfte Taube ohne Arg. Obwohl sie hübsch und gebildet ist wie ein weißes Mädchen, betrachtet sie keinen von oben herab. Wenn du an ihrer Stelle wärest, eingebildet und unverschämt, wie du bist, wäre es tausendmal schlimmer." Rosa biß sich auf die Lippen vor Wut. Sie wollte gerade auf dreiste und ungehaltene Art antworten, da dröhnte eine rauhe Stimme von der Tür des Saales her. Sie hallte durch den ganzen Raum und machte dem Gespräch der Spinnerinnen ein Ende.
„Ruhe! Schluß jetzt! Was für ein Geschwätz! Mir scheint, ihr arbeitet nur mit der Zunge?"
Ein breitschultriger, vierschrötiger Mann mit einem dichten schwarzen Bart und einem harten, abstoßenden Gesicht war an der Tür des Saales erschienen und trat herein. Es war der Aufseher. Ihn begleitete ein junger, schlanker Mulatte in einer hübschen Pagenlivree, ein Spinnrad in der Hand. Unmittelbar nach den beiden trat Isaura ein.
Die Sklavinnen erhoben sich und begrüßten unterwürfig den Aufseher. Dieser ließ das Spinnrad an einen freien Platz bringen, der sich zu Isauras Unglück neben Rosa befand.
„Komm her, Mädchen", sagte der Aufseher, und wandte sich Isaura zu. „Von heute an ist dies dein Platz; dies ist dein Spinnrad. Deine Arbeitsgenossinnen sollen dir Arbeit für heute geben. Ich sehe schon, daß dir die Veränderung nicht sehr gefallen wird. Aber was hilft's? Dein Herr wünscht es so. Das ist kein Klavier, hörst du? Hier heißt es schnell arbeiten,

damit man bald mit der nächsten Arbeit anfangen kann. Also, Mund halten und viel arbeiten . . ."
Ohne ein Zeichen des Widerwillens begab sich Isaura zu ihrem neuen Arbeitsplatz am Spinnrad und begann mit den Arbeitsvorbereitungen. Obwohl sie im Herrschaftshaus aufgewachsen war und stets nur feine Tätigkeiten verrichtet hatte, war sie sehr geschickt in allen Arten von Hausarbeit: Sie konnte so gut spinnen, weben, plätten und kochen wie jede andere, wenn nicht sogar besser. Nur ihr angedeutetes Lächeln ließ einen gewissen Ausdruck melancholischer Resignation erkennen; dies war jedoch lediglich der Widerschein der Ängste und des Kummers, die ihr Herz bedrückten, und nicht etwa Mißfallen wegen des Verlustes der Stellung, die sie ihr ganzes Leben lang bei den Herrschaften genossen hatte. Isaura war sich ihres Standes bewußt und versuchte, bescheiden wie jede andere Sklavin zu sein. Trotzdem verrieten ihr Blick, ihre Sprache und ihre Bewegungen angeborene Würde und Stolz, die vielleicht unbewußt aus dem Gefühl herrührten, den anderen überlegen zu sein. Ohne es zu wollen, hob sie sich durch die Regelmäßigkeit ihrer Gesichtszüge und eine gewisse Vornehmheit in ihren Gesten unter den anderen hervor. Die anderen Sklavinnen betrachteten sie allesamt mit einer Mischung aus Neugierde und Mitleid, denn alle mochten sie gern, bis auf Rosa, die Neid und abgrundtiefe Abneigung gegen sie hegte. Zwei Worte werden genügen, um dem Leser den Grund für Rosas Übelwollen zu erklären.
Es war nicht nur Neid, es gab etwas Stärkeres, das diesen Neid in Haß verwandelte. Seit geraumer Zeit war Rosa Leôncios Geliebte gewesen. Sie war leicht zu erobern gewesen. Es hatte ihn weder Bitten noch Drohungen gekostet. Seitdem er sich Isaura zugewandt hatte, sah sich Rosa gänzlich verlassen und vergessen. Das Herz der kecken Mulattin war durch diese Mißachtung zutiefst gekränkt. Da sie bösartig und rachsüchtig war, aber sich nicht an ihrem Herrn rächen konnte, schwor

sie, ihren ganzen Groll über ihre unglückliche Rivalin niedergehen zu lassen.
„Der Blitz soll dich treffen, du verfluchter Kerl!" – „Du sollst von Lepra aufgefressen werden, du Miststück!" – „Eine Klapperschlange soll dich in die Zunge beißen, du verdammter Hund!" Diese und andere Flüche gaben die Sklavinnen von sich, als der Aufseher ihnen den Rücken zuwandte. Aufseher sind die von Sklaven bestgehaßten Wesen; ein Scharfrichter hätte weniger Haßgefühle zu ertragen. Der Aufseher wird mehr gehaßt als der grausame Herr, der ihm die Peitsche in die Hände gibt, mit der er die Sklaven geißelt. Der Verurteilte vergißt den Richter, der das Todesurteil ausspricht, um sich gegen den Henker zu wenden, der es vollzieht.
Wie wir bereits sagten, wollte es das Schicksal, daß Isaura sich in die Nähe Rosas setzen mußte. Diese überschüttete ihre unglückliche Gefährtin sogleich mit einem Schwall von Schmähreden und verletzenden Bemerkungen.
„Du tust mir aber sehr leid, Isaura."
„Wirklich?" antwortete Isaura, entschlossen, den Provokationen Rosas mit Sanftmut und Geduld zu begegnen.
„Warum denn, Rosa?"
„Ist es denn nicht hart, vom Wohnzimmer in die Sklavenhütte umziehen zu müssen, das Damast-Sofa gegen diesen Schemel, das Klavier und das Seidenkissen gegen dieses Rad eintauschen zu müssen? Warum hat man dich denn weggejagt, Isaura?"
„Niemand hat mich weggejagt, Rosa, das weißt du genau. Dona Malvina ist mit ihrem Bruder weggefahren, zu ihrem Vater. Also habe ich im Wohnzimmer nichts mehr zu tun, deswegen arbeite ich jetzt bei euch."
„Aber warum hat sie denn dich nicht mitgenommen, dich, ihren Augenstern, sag? Ach, Isaura, du glaubst, daß du mich für dumm verkaufen kannst, doch du täuschst dich; ich weiß

alles. Du bist zu dreist geworden, deswegen bist du hier, damit du lernst, wo dein Platz ist."

„Wie bösartig du bist!" erwiderte Isaura mit einem traurigen Lächeln, aber ohne Verärgerung zu zeigen. „Du glaubst also, daß ich eingebildet bin, weil ich im Wohnzimmer unter Weißen war? Wie du dich täuschst! Wenn du mich nicht mit deiner bösen Zunge verfolgst, wie gerade eben, werde ich hier wohl zufriedener und ungestörter sein."

„Das glaube ich dir nicht; wie kannst du denn hier zufriedener sein? Hier sind ja keine jungen Männer, denen du schöne Augen machen kannst!"

„Rosa, was habe ich dir getan, daß du mich so mit falschen Anschuldigungen überhäufst?"

„Aber ich bitte Sie, Gnädigste, regen Sie sich doch nicht auf! Verzeihung, Gnädigste, ich hatte gedacht, Sie hätten Ihr Getue im Salon gelassen!"

„Du kannst sagen, was du willst, Rosa; ich weiß sehr wohl, daß ich im Salon oder in der Küche nichts weiter bin als eine Sklavin. Denk auch du daran, daß du zwar heute hier bist, morgen aber Gott weiß wo sein kannst. Laß uns arbeiten, das ist unsere Pflicht, und laß uns aufhören mit diesen witzlosen Gesprächen."

In diesem Augenblick ertönte eine Klingel. Es war zwischen zwei und drei Uhr nachmittags; das Läuten rief die Sklavinnen und Sklaven zum Abendessen. Die Sklavinnen unterbrachen ihre Arbeit und erhoben sich. Isaura jedoch rührte sich nicht von ihrem Platz und arbeitete weiter.

„Na?" sagte Rosa mit höhnischem Blick. „Hörst du denn nicht, Isaura? Es ist Zeit für unsere Bohnen."

„Nein, Rosa, ich bleibe hier; ich hab keinen Hunger. Ich arbeite weiter, ich habe sehr spät angefangen."

„Du hast recht; ein gebildetes und zartes Mädchen wie du sollte nicht aus einem Kessel mit den Sklaven essen. Soll ich dir ein Süppchen schicken, einen Kakao?"

„Halt den Mund, Schwätzerin!" schrie die alte Sklavin. Sie schien die Oberin des Spinnraumes zu sein. „Ein scharfes Vipernzünglein hast du! Laß die andere in Ruhe! Gehen wir, Leute."

Alle Sklavinnen verließen den Saal, nur Isaura blieb zurück, in ihre Arbeit vertieft, ihren traurigen Gedanken überlassen.

„Ach, mein Gott!" dachte sie, „nicht mal hier habe ich Ruhe! Im Salon verfolgen mich die Weißen und spinnen tausenderlei Intrigen, nur um mich zu quälen. Hier, wo ich mir etwas mehr Ruhe unter meinen Kameradinnen erhoffte, die mich zu mögen scheinen, gibt es eine, die alles daransetzt, mich zu verletzen. Mein Gott! Wenn ich schon das Unglück hatte, als Gefangene geboren zu werden, wäre es dann nicht besser gewesen, wenn ich eine häßliche und unförmige, niedrige Negerin wäre, als diese Gaben vom Himmel zu bekommen, die mir nun das Leben schwermachen?"

Es blieb Isaura wenig Zeit, ihren traurigen Überlegungen nachzuhängen. Sie hörte ein Geräusch an der Tür. Als sie die Augen hob, sah sie, wie jemand auf sie zukam.

„Ach, mein Gott! Schon wieder ein Störenfried. Keinen Augenblick läßt man mich allein."

Herein kam kein anderer als der Diener André, den wir bereits als Begleiter des Aufsehers erlebt haben; stramm und frech baute er sich vor Isaura auf.

„Guten Tag, schöne Isaura. Na, wie geht es unserer Blume?" grüßte sie keß der eingebildete Sklave.

„Gut", antwortete trocken Isaura.

„Bist du eingeschnappt? Recht hast du, aber du mußt dich allmählich an die neuen Lebensumstände gewöhnen. Für jemanden, der nur den Salon gewohnt war, die Seidenstoffe, Blumen und Duftwässerchen, für den ist der Aufenthalt zwischen diesen verräucherten Wänden, die nur nach Tabakspucke und verkohlten Dochtenden stinken, wohl recht traurig."

„Willst auch du die Gelegenheit ergreifen, mir Dreck ins Gesicht zu schleudern?"

„Nein, nein, Isaura; Gott behüte, daß ich dich kränke. Im Gegenteil, es bricht mir das Herz, wenn ich dich inmitten dieser dicklippigen und stinkenden Negerinnen sehe. Dieser Herr Leôncio ist wirklich gemein."

„Was geht dich das an? Ich bin ganz zufrieden hier."

„Das glaube ich dir nicht; du gehörst nicht hierher. Andererseits weiß ich das wohl zu schätzen."

„Wieso?"

„Weil ich dich sehr gern habe und wir uns hier wenigstens etwas freier unterhalten können . . ."

„Ich erkläre dir, ein für alle Mal, daß ich nicht bereit bin, mir deine Unverschämtheiten anzuhören!"

„Ach, so ist das also?" rief André und blähte sich vor Wut und Enttäuschung auf. „Gnädigste wollen sich nur die feinen Sprüche der hübschen Männer im Wohnzimmer anhören! Das kann nicht immer so sein, und unter deinesgleichen wirst du keinen anderen finden, der sich so gut ausnimmt, wie dein Diener hier. Ich habe immer eine Krawatte an, Handschuhe, Schuhe, bin fein gebügelt und parfümiert. Und noch etwas", fügte er hinzu und klopfte mit der Hand auf die Tasche, „hier drinnen klimpert es immer. Auch die hübsche Rosa guckt sich die Augen nach mir aus. Aber was ist sie neben dir! Wenn du wüßtest, wie sehr ich dich mag, würdest du mich nicht so geringschätzig behandeln."

Er näherte sich Isaura, legte ihr frech den Arm um den Hals, als ob er ihr ein Geheimnis zuflüstern oder ihr einen Kuß rauben wollte.

„Halt!" Isaura stieß ihn heftig und erbost zurück. „Du bist sehr dreist. Verschwinde, sonst gehe ich zu Herrn Leôncio und erzähle ihm alles."

„Verzeih, Isaura. Es besteht kein Grund, dich so aufzuregen. Du bist sehr abweisend, dabei habe ich dich niemals beleidigt.

Aber laß nur, die Zeit wird dein Herz aus Stein schon erweichen. Isaura, sag niemandem etwas! Wenn der junge Herr erfährt, was hier geschehen ist, ist er imstande, mich aufhängen zu lassen. Was zählt", fuhr er zu sich fort, während er sich zurückzog, „was zählt, ist, daß er in dieser Angelegenheit noch nicht so weit wie ich gekommen ist."

Arme Isaura! Immer und überall wird sie von Herren und Sklaven belästigt, die sie keinen Augenblick in Ruhe lassen! Im Hause zählte sie vier Feinde, jeder mehr als der andere bestrebt, ihr den Seelenfrieden zu stehlen und sie zu bedrängen: drei Verliebte, Leôncio, Belchior und André, und eine Nebenbuhlerin, Rosa. Es war nicht schwer gewesen, die Aufdringlichkeiten der Sklaven und Diener abzuwehren; was würde jedoch werden, wenn ihr Herr käme?

Tatsächlich trat Leôncio einige Augenblicke später in Begleitung des Aufsehers in den Saal. Isaura, die für einen Moment die Arbeit unterbrochen hatte und, das Gesicht in den Händen, ihren bitteren Gedanken nachgegangen war, bemerkte ihre Anwesenheit nicht.

„Wo sind denn die Mädchen, die hier arbeiten?" fragte Leôncio beim Eintreten den Aufseher.

„Sie essen zu Abend, mein Herr; sie werden aber bald wieder zurück sein."

„Eine ist aber hiergeblieben . . . Ach, es ist Isaura! Was für ein Glück", dachte Leôncio. „Die Gelegenheit könnte nicht günstiger sein; bemühen wir uns ein letztes Mal, dieses halsstarrige Geschöpf zu verführen." – „Sobald sie fertig mit dem Essen sind", fuhr er fort, indem er sich an den Aufseher wandte, „bringen Sie sie zum Kaffeepflücken. Ich will sie keinen Augenblick länger hier haben; sie faulenzen nur und vergeuden sinnlos die Zeit mit ihrem Geschwätz. Es gibt überall genügend Baumwollstoffe zu kaufen."

Kaum hatte sich der Aufseher zurückgezogen, näherte sich Leôncio Isaura.

„Isaura!" murmelte er mit sanfter, ergriffener Stimme.
„Herr!" antwortete die Sklavin und sprang erschreckt auf. „Mein Gott! Da ist er . . . Die Stunde der Folter ist gekommen."

8. KAPITEL

Wir müssen Isaura für einige Augenblicke verlassen in ihrer peinlichen Lage mit ihrem verkommenen und barbarischen Herrn, um den Leser in Kenntnis dessen zu setzen, was sich zwischenzeitlich in der kleinen Familie ereignet hatte; außerdem sollte er über den Gang der Ereignisse nach dem Tod des Komtur Bescheid wissen. Die häuslichen Intrigen waren auf ihrem Höhepunkt unterbrochen worden und verlangten nun zwangsläufig nach einem Abschluß.
Der Tod des Familienoberhaupts konnte die bedauernswerte Lage nur fortdauern lassen, da er Leôncio in Besitz des gesamten väterlichen Vermögens brachte und ihn von den letzten Fesseln befreite, die ihn bisher an der hemmungslosen Ausführung seiner scheußlichen Absichten gehindert hatten. Leôncio und Malvina legten Trauer an und verließen für einige Tage nicht das Haus; während dieser Zeit schienen sie eine Art Waffenstillstand geschlossen zu haben und verzichteten auf gegenseitige Beschuldigungen und Beleidigungen. Henrique, der unbedingt am nächsten Tag abreisen wollte, gab schließlich dem Drängen Malvinas nach und willigte ein, ihr während der Trauertage Gesellschaft zu leisten.
„Das hängt davon ab, wie sich mein Ehemann verhält. Wenn er im Verlauf dieser Tage Isaura nicht befreit oder sie irgendwo anders unterbringt, werde ich keinen Augenblick länger in seinem Hause bleiben."

Leôncio schloß sich in seinem Zimmer ein und sprach mit niemandem; er ließ sich für einige Tage nicht blicken und schien in tiefen, untröstlichen Kummer versunken. Das war jedoch in Wirklichkeit nicht so. Er hatte zwar einen gewissen Schock erlitten, und wenn es auch kein schmerzlicher Schlag war, so hatte ihn doch die Todesnachricht sehr überrascht. Im Grunde seiner Seele – dies muß gesagt werden – hatte er nach einer ersten Minute der Betroffenheit bereits begonnen, das Ereignis willkommen zu heißen. Der Tod seines Vaters kam ihm zu diesem Zeitpunkt gelegen, weil er ihn von den Schwierigkeiten befreien konnte, in denen er sich aufgrund von Malvinas und Miguels Forderung befand. Also überließ sich Leôncio in seiner selbstgewählten Abgeschiedenheit nicht etwa dem Schmerz, sondern allen möglichen Überlegungen darüber, wie er sich den Besitz der lieblichen Gefangenen endgültig sichern könnte. Die Schwierigkeiten waren groß. Sie bildeten einen Knoten, der nur durchgehauen, aber nicht aufgeknüpft werden könnte. Leôncio hatte das Versprechen seines Vaters gegenüber Miguel, Isaura gegen die horrende Summe von zehn Contos de réis freizulassen, anerkannt. Miguel hatte diesen Betrag aufgebracht, ihn Leôncio in die Hände gelegt und dafür die Freilassung seiner Tochter verlangt. Ebenso mußte Leôncio widerspruchslos zugeben, daß es auch der Wunsch seiner verstorbenen Mutter gewesen war, Isaura nach ihrem Tode in die Freiheit zu entlassen. Auf der anderen Seite forderte Malvina, die von seiner Leidenschaft und seinen dunklen Absichten gegenüber der Gefangenen wußte, bedingungslos deren sofortige Freilassung. Dem jungen Mann blieb im Grunde keine andere Möglichkeit, sich der Schwierigkeiten mit Anstand zu entledigen, als durch die Freigabe Isauras. Leôncio konnte sich jedoch mit diesem Gedanken nicht abfinden. Die heftige und blinde Liebe zu Isaura trieb ihn an – allen Regeln von Anstand und Ehrbarkeit zum Trotz – erbarmungslos das Herz seiner liebevollen

Ehefrau zu zermalmen, um seine rasende Begierde befriedigen zu können. Er beschloß deshalb, den Knoten zu zerschneiden, indem er sich seine Überlegenheit zunutze machte. Er würde die Erfüllung seiner Pflicht unendlich hinauszögern und den gerechten Forderungen und Vorwürfen Malvinas mit zynischer Gleichgültigkeit, ja brutaler Überheblichkeit begegnen.

Malvina hatte sich wegen des vermeintlichen Schmerzes ihres Mannes einige Tage zurückgehalten und dann die delikate Angelegenheit wieder angesprochen.

„Es hat Zeit, Malvina", antwortete dieser seelenruhig. „Zuerst muß ich Bilanz ziehen und Inventur im Hause meines Vaters machen. Ich reise in die Hauptstadt, um seine Papiere sicherzustellen und mir ein Bild von seinen Geschäften zu machen. Nach meiner Rückkehr haben wir mehr Muße, uns um Isaura zu kümmern." Als Malvina diese Antwort vernahm, wurde sie totenbleich; sie fühlte, wie ihr Herz sich vor Kummer zusammenkrampfte. Sie hatte gehofft, daß ihr Mann in sich gehen und über seine Fehler nachdenken würde; sie hatte gehofft, daß er sie alle um Verzeihung bitten und den Weg der Pflichterfüllung und der Ehrlichkeit beschreiten würde. Seine kühlen Vorwände und lauen Ausreden ließen sie mutlos werden.

„Wie denn das?" rief sie mit einer Betonung, die gleichzeitig verletzten Stolz und tiefen Kummer ausdrückte. „Du zögerst also noch, eine solch heilige Pflicht zu erfüllen? Hättest du eine Seele, Leôncio, dann würdest du Isaura als deine Schwester betrachten, denn du weißt sehr wohl, daß deine Mutter sie wie eine Tochter liebte und vergötterte und daß es ihr sehnlichster Wunsch war, sie mit ihrem Tode freizulassen und ihr ein großzügiges Vermächtnis zu hinterlassen, das ihre Zukunft sichern sollte. Du weißt auch, daß dein Vater Isauras Vater feierlich versprochen hat, ihr für zehn Contos de réis den Freilassungsbrief zu geben. Miguel hat dir diesen Betrag bereits übergeben. Das alles weißt du und zögerst noch? Ich sehe keinerlei Grund, die Erfüllung einer Pflicht hinauszuschieben, der du schon vor langer Zeit hättest nachkommen müssen."

„Wozu denn diese Eile? Willst du es mir nicht sagen, Malvina?" erwiderte Leôncio mit äußerster Liebenswürdigkeit. „Was hätte denn Isaura zu diesem Zeitpunkt von ihrer Freiheit? Geht es ihr hier etwa schlecht? Wird sie mißhandelt? Muß sie irgend etwas entbehren? Wird sie nicht nach wie vor im Hause wie eine Tochter behandelt? Möchtest du, daß wir sie aufs Geratewohl in die Welt entlassen? So würden wir sicher nicht den Wunsch meiner Mutter erfüllen, die sich soviel Sorgen um Isauras zukünftiges Schicksal machte. Nein, Malvina, wir können Isaura vorläufig nicht sich selbst überlassen. Wir müssen ihr zuerst eine anständige und würdige Stellung verschaffen, die ihrer Schönheit und Erziehung entspricht. Deshalb sollten wir einen guten Ehemann für sie suchen. Den findet man nicht so einfach, von einem Tag auf den anderen."

„Was für eine erbärmliche Ausrede! Isaura braucht vorläufig keinen Ehemann, der sie beschützt; sie hat ihren Vater, der bewiesen hat, wie er seine Tochter verehrt. Übergeben wir sie Herrn Miguel, da ist sie in sehr guten Händen."

„Armer Herr Miguel!" erwiderte Leôncio mit höhnischem Lächeln. „Er hat gute Absichten, daran zweifle ich nicht; doch wo sind die Mittel, um Isaura glücklich zu machen, vor allem jetzt, wo er sein Hab und Gut verpfändet hat, um die Freilassung seiner Tochter zu erreichen? Es sei denn, es handelt sich um ein Almosen, was mir wahrscheinlicher erscheint." Malvina schüttelte traurig den Kopf und seufzte. Da sie dennoch an die Aufrichtigkeit der Worte ihres Mannes glauben wollte, gab sie vor, zufrieden zu sein, und entfernte sich ohne ein Zeichen der Verstimmung. Da sie aber diesen betrüblichen Zustand nicht länger ertragen konnte, brachte sie am nächsten

Tag die Angelegenheit noch einmal mit Nachdruck zur Sprache.
Wieder dieselben Ausflüchte und Besänftigungen. Leôncio ließ sie eine gewisse Gleichgültigkeit und Geringschätzung spüren, so als ob er endgültig beschlossen hätte, die Angelegenheit ausschließlich nach seinem Gutdünken zu erledigen. Malvina konnte diesmal nicht an sich halten und brach mit Leôncio.
Am nächsten Tag verließ Malvina überstürzt das gemeinsame Haus, ohne jemandem eine Erklärung dafür zu geben. Sie reiste in Begleitung ihres Bruders nach Rio de Janeiro ab und schwor, sie werde niemals wieder ihren Fuß in das Haus setzen, wo man sie so elend beschimpft hatte. Sie hatte sich in ihrer Wut nicht gefragt, ob sie genügend Kraft haben würde, diesen Schwur einzuhalten. Das Fieber der Eifersucht und der Entrüstung hatte ihr diesen Entschluß diktiert. Sie war sich auch nicht darüber im klaren, daß in einer so zarten und gütigen Seele wie der ihren der Haß viel schneller verfliegt als die Liebe; und die Liebe, die Malvina für Leôncio spürte, all seinen Zügellosigkeiten zum Trotz, war stärker als ihr Groll.
Leôncio führte seinen Plan fort. Er begegnete den Angriffen seiner Frau regungslos, zynisch und gleichgültig. Mit verschränkten Armen sah er ihren Vorbereitungen für den Aufbruch zu; er lehnte an der Veranda und rauchte träge seine Zigarre.
Er fühlte keinerlei Bedauern über die brüske Abreise seiner Frau, im Gegenteil: Er jubelte, als Malvina ihren Entschluß verwirklichte. Nun stand sie seinen schändlichen Absichten der unglücklichen Isaura gegenüber nicht mehr länger im Weg.
Nachdem Isaura den Inhalt des Briefes erfahren hatte, in dem der Tod des Komturs mitgeteilt worden war, waren alle Hoffnungen zerstört, die Miguel einen Augenblick zuvor in ihrem Herzen hatte erwachen lassen. Sie kannte das erbärmli-

che Los ihrer Mutter und sah deshalb keinen Ausweg aus ihrer grausamen Lage. Sie mußte resignieren und sich auf ein endloses Martyrium vorbereiten. Mutlosigkeit und tödliche Angst ergriffen sie; blaß und verstört, wie von Sinnen irrte sie ziellos über die Wiesen, versteckte sich hinter den dichten Büschen des Obstgartens, in den finstersten Ecken der Alkoven; sie verbrachte viele Stunden zwischen Angst und Schrecken, wie das scheue Kaninchen, das über sich am Himmel den schwebenden Sperber mit seinen blutigen Krallen sieht. Wer konnte ihr helfen? Wo konnte sie Schutz finden vor der Tyrannei ihres zügellosen Herren? Nur zwei Menschen würden Mitleid und Anteilnahme für sie hegen: ihr Vater und Malvina. Ihr Vater, ein unbedeutender und armer Aufseher, konnte ihr nur wenig nutzen, da er keinen Zugang zu Leôncios Haus hatte und sich nur heimlich mit ihr verständigen konnte. Malvina, die sie immer so gütig und liebevoll behandelt hatte, ach! Malvina selbst begann, sie mit Mißtrauen zu betrachten, nachdem sie ihren Mann ertappt hatte, wie er gerade zärtliche Worte an Isaura richtete. Dies war eine schreckliche Auswirkung der Eifersucht: Selbst die reinsten und wohlwollendsten Seelen werden ungerecht und nachtragend. Im Verlauf der Tage wurde die junge Herrin immer ungnädiger zu der Sklavin, der sie zuvor noch mit nahezu schwesterlicher Innigkeit begegnet war.

Malvina war zwar gut und vertrauensvoll, und sie hätte niemals an Isauras Unschuld gezweifelt, wenn nicht Rosa gewesen wäre, ihre fürchterliche Nebenbuhlerin, ihre ärgste Feindin. Nach dem Streit, dessen unschuldiges Objekt Isaura gewesen war, wurde diese Malvinas Zofe; die Herrin klagte zuweilen ihr Leid in Anwesenheit der bösartigen Mulattin, sprach von der Eifersucht und dem Kummer, die ihr Herz verzehrten.

„Sie vertrauen diesem durchtriebenen Weibsstück allzusehr, Donna Malvina . . .", sagte das boshafte Mädchen zu ihr.

„Seien Sie versichert, daß diese Turtelei nicht erst jetzt angefangen hat. Schon seit langem beobachte ich, wie diese Hochstaplerin, die vor Ihnen die edle Einfalt spielt, den jungen Herrn angeschmachtet hat. Sie ist selbst daran schuld, wenn er jetzt den Kopf verloren hat."

Diese und andere Intrigen, die Rosa geschickt der Herrin ins Ohr setzte, genügten, um den Geist einer unerfahrenen jungen Frau wie Malvina zu verwirren. Langsam führten sie zu dem Ergebnis, das sich die hinterlistige kleine Mulattin wünschte.

Bedrückt machte Isaura einige Versuche, sich ihrer Herrin zu nähern. Sie wünschte zu erfahren, aus welchem Grunde Malvina ihr die einstige Zuneigung und das Vertrauen entzog, und sie wollte ihre Unschuld beteuern. Sie wurde jedoch mit solcher Kälte empfangen, daß sie verschreckt zurückwich, um von neuem zwischen Qualen und Mutlosigkeit zu versinken.

Trotzdem war Malvina, solange sie sich noch im Haus befand, ein schützender Schatten, der Isaura vor den groben Belästigungen Leôncios bewahrte. So wenig er seine Frau auch respektierte, so war ihre Anwesenheit immer noch ein mächtiges Hindernis auf dem Weg zu seinem verwerflichen Ziel. Isaura war sich all dessen bewußt, und man kann sich leicht vorstellen, wie niedergeschlagen sie war, als sie ihre Herrin abreisen sah. Nun sah sie sich vollends den wahnsinnigen und barbarischen Launen Leôncios ausgeliefert, der gleichzeitig ihr Herr, ihr Verehrer und ihr Folterknecht war.

Kaum war seine Frau hinter dem letzten Hügel entschwunden, eilte er, unfähig, seine Triumphgefühle länger zu unterdrücken, durch das ganze Haus, um Isaura zu suchen. Er fand sie schließlich herzzerreißend schluchzend im dunklen Winkel eines Alkovens liegend.

Ersparen wir dem Leser die Beschreibung der beschämenden Szene, die sich dort ereignete. Begnügen wir uns damit, zu sagen, daß Leôncio alle sanften Mittel, die ihm zur Überredung des Mädchens zur Verfügung standen, erschöpfte, indem er ihr sagte, es sei ihre Pflicht, seinen Wünschen nachzugeben, und es werde auch nur von Vorteil für sie sein. Er machte die tollsten Versprechungen und die feierlichsten Schwüre. Er erniedrigte sich in demütigstem Flehen, er kroch der Sklavin zu Füßen und vernahm aus ihrem Munde nichts als bittere Worte und schreckliche Vorwürfe. Als er schließlich merkte, daß all diese Mittel erfolglos blieben, zog er sich voller Groll zurück, wobei er fürchterliche Drohungen ausstieß.

Um seine Drohungen wahrzumachen, ließ er sie noch am selben Tage zur Arbeit in die Spinnerei schicken, wo wir sie im vorhergehenden Kapitel zurückließen. Sollte sie sich den Befehlen ihres Herrn weiterhin widersetzen, dann würde sie als nächstes auf die Felder, dann von den Feldern zum Pranger, vom Pranger zum Marterpfahl und von dort mit Sicherheit in das Grab gebracht werden.

9. KAPITEL

Leôncio, der sich nicht mit einer weiteren Verschiebung seines schändlichen Verlangens abfinden konnte, irrte durch das ganze Haus und tat so, als wolle er die Hausarbeiten neu ordnen, die nach dem Tod seines Vaters in seiner Obhut lagen. Doch im Grunde genommen belauerte er alle Bewegungen Isauras und suchte nur eine Gelegenheit, sie allein zu erwischen, um sie aufs neue und noch drängender zu belästigen. Von einem Fenster aus sah er, wie die Spinnerinnen zum Abendessen über den Innenhof gingen, und bemerkte, daß Isaura fehlte.

„Das ist gut! Es läuft ja alles wie am Schnürchen!“ murmelte Leôncio zufrieden. In diesem Augenblick hatte er den glücklichen Einfall, die anderen Sklavinnen vom Aufseher auf die Kaffee-Felder bringen zu lassen, so daß er auf dem verlassenen Anwesen allein mit Isaura sein konnte.

Sie werden sicher sagen, daß Leôncio solche Vorwände nicht nötig hatte, da Isaura nur eine Sklavin war, und daß es durchaus genügen würde, wenn er sie gewaltsam zu sich bringen ließe. Gewiß hätte er so handeln können. Ich weiß jedoch nicht, welch große Macht die Schönheit, gepaart mit überlegener Intelligenz, selbst Sklavinnen verleiht, so daß sie selbst dem verdorbensten Menschen Respekt abnötigt. Auch Leôncio konnte nicht anders, als im Grunde seiner Seele Ehrerbietung für die Schönheit und die Tugenden dieser außergewöhnlichen Sklavin zu empfinden. Deswegen neigte er dazu, sie etwas taktvoller als die anderen zu behandeln.

„Isaura“, fuhr Leôncio fort, „du mußt wissen, daß sich dein Schicksal nun ganz in meinen Händen befindet.“

„So war es schon immer, Herr.“

„Nun ist es mehr denn je so. Mein Vater ist verstorben, und dir dürfte bekannt sein, daß ich sein einziger Erbe bin. Aus Gründen, die du sicherlich ahnst, hat Malvina mich soeben verlassen und ist in das Haus ihres Vaters zurückgekehrt. Nun halte ich allein die Zügel in diesem Haus und bestimme dein Schicksal. Dennoch, Isaura, dein Glück und dein Verderben hängen ganz allein von dir ab.“

„Von mir! Oh, nein, Herr; mein Schicksal hängt allein von meinem Herrn ab.“

„Und ich wünsche mir“, entgegnete Leôncio mit der zärtlichsten Stimme, „aus ganzer Seele, dich zu dem glücklichsten aller Geschöpfe zu machen. Wie soll das aber gelingen, wenn du mir hartnäckig das Glück verwehrst, das nur du mir geben kannst?“

„Ich, Herr? Oh, ich bitte Sie, lassen Sie die niedrige Sklavin dort, wo sie hingehört; denken Sie an Dona Malvina, die so schön und so gut ist und Sie so liebt. In ihrem Namen bitte ich Sie, mein Herr, richten Sie nicht weiter Ihr Begehren auf eine arme Gefangene, die in allem bereit ist, Ihnen zu folgen, nur nicht in dem, was Sie jetzt verlangen."

„Hör zu, Isaura; du bist jung und kannst die Dinge noch nicht richtig schätzen. Eines Tages, vielleicht zu spät, wirst du bereuen, meine Liebe zurückgewiesen zu haben."

„Niemals! Ich würde meine Herrin verraten, wenn ich Ihre Bitten erhören würde."

„Kindische Skrupel! Noch eines, Isaura: Meine Mutter liebte dich abgöttisch, und wenn sie dir nicht die Freiheit gab, dann aus Angst, dich zu verlieren; sie wollte dich immer bei sich haben. Wenn sie dies aus Liebe tat, wie kann ich dich dann hergeben, der ich dich mit einer viel glühenderen und überschwenglicheren, ja mit einer grenzenlosen Liebe liebe, die mich noch in den Wahnsinn, vielleicht sogar zum Selbstmord treiben wird . . . Aber was sage ich! Mein Vater – Gott sei ihm gnädig – wollte, von schmutzigem Geiz getrieben, deine Freiheit für eine Handvoll Gold verkaufen, als ob es genug Gold auf der Welt gäbe, um den unschätzbaren Zauber zu bezahlen, mit dem der Himmel dich ausgestattet hat. Ich würde jeden zurückweisen, der es wagte, mir Geld für deine Freiheit anzubieten, so wie man eine Beleidigung zurückweist. Frei bist du, weil Gott niemals ein solch vollkommenes Geschöpf erschaffen hätte, um es dann zur Sklaverei zu verdammen. Frei bist du, weil meine Mutter es so wollte und weil ich es so will. Dennoch, Isaura, ist meine Liebe zu dir unermeßlich; ich kann, ich darf dich nicht der Welt überlassen. Ich würde vor Schmerz sterben, wenn ich gezwungen wäre, ein solch unschätzbares Juwel herzugeben."

„Verzeihen Sie, Herr; ich kann Sie nicht verstehen. Sie sagen mir, ich sei frei, und erlauben mir nicht, zu gehen, wohin ich will; Sie erlauben mir nicht einmal, daß ich frei über mein Herz verfüge?"

„Isaura, wenn du willst, wirst du nicht nur frei sein; du wirst die Herrin, die Göttin in diesem Hause sein. Was auch immer du anordnest, deine kleinsten Launen werden sogleich erfüllt. Ich werde dir der zärtlichste und treueste Liebhaber sein, ich werde dich umsorgen und dich mit so unendlicher Hingabe verehren, wie sie einem nur die glühendste und unauslöschlichste Liebe einzugeben vermag. Malvina verläßt mich? Um so besser! Was bedeutet mir ihre Liebe, wenn ich dich besitze? Sollen diese Bande für immer reißen! Soll sie mich für immer vergessen, denn in den Armen meiner Isaura werde ich so viel Freude empfinden, daß ich mich ihrer dann nicht mehr erinnern werde."

„Was Sie soeben gesagt haben, erfüllt mich mit Entsetzen. Wie kann man eine so zauberhafte Frau wie Dona Malvina vergessen und verachten? Mein Herr, verzeihen Sie mir, wenn ich offen spreche: Eine schöne, treue und tugendhafte Frau für die Liebe einer armen Sklavin zu verlassen, käme dem häßlichsten Undank gleich."

Als er diesen strengen Vorwurf hörte, fühlte Leôncio, wie sich der Stolz in ihm aufbäumte.

„Halt den Mund, du unverschämte Sklavin!" schrie er wutentbrannt. „Daß ich deine Verachtung und deine Zurückweisung ertrage, ohne mich zu erzürnen, mag noch angehen; doch Zurechtweisungen? Was glaubst du, mit wem du sprichst?"

„Vergeben Sie mir, Herr!" Isaura bereute die Worte, die ihr entschlüpft waren.

„Daß ich mich vor einer Sklavin erniedrige, geht zu weit. Habe ich es etwa nötig, um das zu bitten, was mir von Rechts wegen gehört? Erinnere dich daran, undankbare und aufsässige Sklavin, daß dein Körper und deine Seele mir gehören, mir und sonst niemandem. Du bist mein Eigentum, eine

Vase, die ich zwischen den Händen halten und benutzen oder zerschlagen kann, ganz wie es mir beliebt."

„Sie können sie zerschlagen, Herr, das weiß ich wohl. Ich flehe Sie jedoch an, benutzen Sie sie nicht für schändliche Zwecke. Die Sklavin hat auch ein Herz, und Ihnen steht es nicht zu, ihre Gefühle zu bestimmen."

„Gefühle! Wer redet hier von Gefühlen? Kannst du etwa über sie verfügen?"

„Nein, gewiß nicht, Herr; das Herz ist frei, keiner kann es versklaven, nicht einmal der eigene Herr."

„Dein ganzes Wesen ist Sklave; dein Herz wird folgen, und wenn du nicht freiwillig nachgibst, habe ich das Recht und die Macht . . . Aber wozu? Es lohnt sich nicht, zum Äußersten zu greifen, um dich zu besitzen. Die Regungen deines Herzens sind so niedrig und verabscheuungswürdig wie dein Stand; um sie zu befriedigen, werde ich dich dem niedrigsten, dem abscheulichsten meiner Neger zur Frau geben."

„Ach, Herr! Ich weiß sehr wohl, wozu Sie imstande sind. Genauso hat Ihr Vater meine Mutter in den Tod getrieben – aus Kummer und mit Mißhandlungen. Ich ahne, daß mir das gleiche Schicksal bevorsteht. Doch seien Sie sicher, daß ich die Mittel und den Mut habe, mich für immer von Ihnen und von der Welt zu befreien."

„Oh!" rief Leôncio mit satanischem Lächeln. „Hat deine Überspanntheit und deine Schwärmerei schon solche Höhen erreicht? Wie kurios! Da sieht man, wozu es führt, wenn man solchen Kreaturen eine gute Erziehung zukommen läßt! Nur gut, daß du mich gewarnt hast. Ich werde das Fieber in diesem kochenden Gehirn zu senken wissen. Aufsässige und unvernünftige Sklavin, du wirst weder Hände noch Füße haben, um deine schäbigen Absichten in die Praxis umzusetzen. Hierher, André", schrie er und pfiff laut auf dem Handgriff seiner Peitsche.

„Herr?“ rief von weitem der Diener, der einen Augenblick später vor Leôncio stand.
„André,“ befahl dieser in trockenem und knappem Ton, „bring mir sofort einen Pfahl mit Ketten und Schloß.“
„Heilige Mutter Gottes! Wozu denn das alles? Ach, arme Isaura!“
„Ach, Herr, Erbarmen!“ Isaura kniete vor Leôncio nieder. Verzweifelt hob sie die Hände zum Himmel und bat: „Im Namen der noch warmen Asche Ihres verstorbenen Vaters, der Seele Ihrer Mutter, die Sie so liebte, foltern Sie diese unglückselige Sklavin nicht. Beladen Sie mich mit Arbeit, und ich werde alles ohne einen Laut ertragen. Was Sie jedoch von mir verlangen, kann und darf ich nicht tun, auch wenn ich deshalb sterben muß.“
„Es fällt mir schwer, dich so zu behandeln, aber du selbst zwingst mich zu solchem Exzeß. Vielleicht bist du mir eines Tages noch dankbar dafür, daß ich dich daran gehindert habe, dich selbst zu töten.“
„Es wird dasselbe sein“, rief Isaura mit der heisernen und bebenden Stimme einer Verzweifelten, indem sie sich stolz erhob. „Ich werde von der Hand eines Henkers sterben . . .“
In diesem Augenblick kehrte André mit dem Pfahl und den Ketten zurück, legte sie auf eine Bank und entfernte sich sofort wieder.
Als sie die barbarischen Folterwerkzeuge sah, trübten sich Isauras Augen; ihre Seele gefror vor Entsetzen, die Beine gaben nach; sie fiel auf die Knie, beugte sich über den Hocker, auf dem sie beim Spinnen gesessen hatte, und ließ ihren Tränen freien Lauf.
„Seele meiner alten Herrin“, rief sie mit einer von Schluchzern unterbrochenen Stimme, „helfen Sie mir in dieser Not! Helfen Sie mir vom Himmel aus, wie Sie mir hier auf Erden geholfen haben!“
„Isaura“, sagte Leôncio mit rauher Stimme, indem er auf die

Marterwerkzeuge zeigte, „das ist es, was dich erwartet, wenn du verstockt bleibst. Ich habe dir nichts weiter zu sagen; für diesmal lasse ich dich frei und gebe dir den Rest des Tages, um nachzudenken. Wähle zwischen meiner Liebe und meinem Haß! Beide sind heftig und mächtig. Adieu!"

Als Isaura bemerkte, daß ihr Herr gegangen war, hob sie das Gesicht, schlug die Augen nieder und faltete die Hände zum Gebet, das sie an die Königin der Engel richtete.

„Heilige Jungfrau, allerheiligste Mutter Gottes! Nur Ihr wißt, ob ich unschuldig bin, und ob ich eine so grausame Behandlung verdiene. Helft mir in dieser Not, denn auf dieser Welt kann mir keiner helfen. Befreit mich aus den Krallen eines Folterers, der nicht nur mein Leben, sondern auch meine Unschuld und meine Ehre bedroht. Erleuchten Sie seinen Geist, flößen Sie seinem Herzen Milde und Barmherzigkeit ein, daß er sich einer armen Gefangenen erbarmt. Eine demütige Sklavin bittet Euch mit Tränen in den Augen. Im Namen Eurer hochheiligen Schmerzen, im Namen der Wundmale Eures göttlichen Sohnes: Habt Mitleid und helft mir!" Wie schön war Isaura in dieser demütigen und angsterfüllten Haltung! Viel schöner als in den Augenblicken der Gelassenheit und der Freude! Wenn er sie so gesehen hätte, wäre Leôncios steinernes Herz vielleicht doch erweicht worden.

Isaura sah nicht, wie ihr Vater mit leisem Schritt auf sie zukam.

„Oh! Glücklicherweise ist sie da", murmelte der Alte, „das Ungeheuer war ebenfalls hier. Arme Isaura! Was wird aus dir?"

„Sie hier, mein Vater?" rief die Unglückselige, als sie Miguel sah. „Kommen Sie, sehen Sie, was man aus Ihrer Tochter gemacht hat!"

„Was hast du, mein Kind? Was für ein Unglück hat dich getroffen?"

„Sehen Sie denn nicht, mein Vater? Das ist das Los, das mich erwartet." Sie deutete auf den Pfahl und die Ketten, die neben ihr lagen.

„Was für ein Ungeheuer, mein Gott! Aber ich hatte dies alles schon kommen sehen . . ."

„Dies ist die Freiheit, die er derjenigen geben will, die seine Mutter so liebevoll aufgezogen hat. Die grausamste Gefangenschaft, das ewige Martyrium des Leibes und der Seele, dies allein bleibt Ihrer unglücklichen Tochter noch. Vater, ich kann soviel Leiden nicht ertragen! Mein Vater, Ihr Messer", fügte sie nach einer kurzen Pause mit belegter Stimme und traurigem Blick hinzu, „ich brauche Ihr Messer."

„Was hast du damit vor, Isaura? Was für einen wahnsinnigen Gedanken verfolgst du?"

„Geben Sie mir das Messer, Vater; ich werde nur im äußersten Fall davon Gebrauch machen. Wenn der Schuft mich in Ketten legen will, werde ich mit meinem Blut sein abscheuliches Gesicht bespritzen."

„Nein, mein Kind, dies wird nicht nötig sein. Ich ahnte dies alles schon, ich habe vorgesorgt. Das Geld, daß dir nicht die Freiheit erkaufen konnte, wird uns dazu dienen, den Klauen dieses Monsters zu entkommen. Es ist alles vorbereitet, Isaura, fliehen wir."

„Ja, mein Vater, fliehen wir. Aber wie? Und wohin?"

„Weit weg, wohin auch immer; und zwar sofort, mein Kind."

„Ach, Vater, ich habe Angst. Wenn man uns entdeckt, was wird dann mein Los sein . . .?"

„Es ist ein riskantes Unternehmen, das will ich nicht bestreiten. Aber dies ist unsere einzige Rettung. Ergreifen wir die Gelegenheit, und vertrauen wir der göttlichen Vorsehung. Die Sklaven sind auf den Feldern; der Aufseher hat deine Kameradinnen auf die Kaffee-Plantagen gebracht. Dein Herr ist mit André fortgegangen; im Hause ist wohl keiner, ausgenommen die Negerin in der Küche. Ich habe alles vorbereitet. Am Ende des Gartens, am Flußufer, habe ich ein Boot festgebunden, das ist alles, was wir vorläufig brauchen. Du gehst zuerst, durch den Hintergarten; ich gehe etwas später, außen herum, wir treffen uns dort. In einer knappen Stunde sind wir in Campos. Dort erwartet uns ein Schiff, dessen Kapitän mein Freund ist. Es fährt im Morgengrauen nach dem Norden. Bei Tagesanbruch sind wir schon weit weg. Laß uns gehen, Isaura, vielleicht finden wir auf dieser Welt eine barmherzige Seele, die dich besser als ich beschützen kann."

„Ja, laß uns gehen, Vater. Was habe ich denn zu befürchten? Könnte ich denn unglücklicher sein, als ich es schon bin?"

Isaura drückte sich in den Schatten der Mauer, die den Innenhof umgab, öffnete das kleine Tor, das in den Hintergarten führte, und verschwand. Kurz darauf ging Miguel außen herum an den Gebäuden entlang und befand sich bald mit ihr am Ufer des Flusses.

Von Miguels starken Armen vorangetrieben, glitt das Boot dicht am Steilufer leise dahin. Innerhalb weniger Minuten war von dem Gut nichts mehr zu sehen.

10. KAPITEL

Mehr als zwei Monate sind seit Isauras Flucht vergangen. Während Leôncio sich verbissen bemüht, zu jedem Mittel greift und die Geldbörse öffnet, um die Polizei und eine Unmenge privater Agenten in Bewegung zu setzen, die seine Beute einfangen sollen, werden wir, lieber Leser, uns in den Norden aufmachen, wo wir unsere entflohene Heldin vielleicht noch vor ihm finden.

Wir sind in Recife. Es ist Nacht. Das herrliche Venedig Südamerikas, von einem Lichterkranz umgeben, taucht aus den Armen des Ozeans empor. Es ist eine Festnacht: In einer der Hauptstraßen fällt ein hellerleuchtetes Haus auf. Herren und Damen der vornehmsten und reichsten Kreise begeben sich dorthin. Ein wunderschönes Gebäude, in dem eine auserwählte Familie des öfteren glänzende Abendgesellschaften gibt. Einige der betuchteren und eleganteren Studenten pflegen ebenfalls an bestimmten Abenden aus dem alten Olinda zu kommen, um zwischen all den Herrlichkeiten, den Seidenstoffen und Wohlgerüchen des Ballsaales den Staub abzuschütteln. Unter den sanften Blicken und dem engelhaften Lächeln der schönen, geistreichen Pernambucanerinnen vergessen sie für einige Stunden die harten Bänke der Akademie und die wurmstichigen Paragraphenreiter.

Nehmen wir an, wir seien ebenfalls Anhänger jenes Tempels der Terpsichore; begeben wir uns also hinein, und beobachten wir, was es an Kuriosem und Interessantem gibt. Gleich im ersten Raum treffen wir auf eine Gruppe eleganter junger Männer, die sich angeregt unterhalten. Hören wir ihnen zu.

„Sie ist ein neuer Stern, der in den Salons Recifes erstrahlt", sagte Álvaro, „und unseren Abendgesellschaften Glanz verleihen wird. Glaube mir, Geraldo, sie ist das edelste und bezauberndste Geschöpf, das mir jemals begegnet ist. Sie ist keine Frau, sie ist eine Fee, ein Engel, eine Göttin!"

„Sieh mal an!" rief Dr. Geraldo. „Fee! Engel! Göttin! Also drei verschiedene Wesen, aber am Ende wirst du feststellen, daß es eine Frau aus Fleisch und Blut ist. Doch sag mir eins, Alvaro: Dieser Engel, diese Fee, Göttin, Frau oder was auch immer, hat dir nicht gesagt, woher sie kommt, aus welcher Familie sie stammt, ob sie vermögend ist, und so weiter und so fort?"

„Ich kann dir nur das sagen, was ich mit Sicherheit von ihr weiß, nämlich daß sie in Begleitung ihres Vaters aus Rio Grande do Sul kam, daß ihre Mittel recht bescheiden sind und daß sie schön wie ein Engel ist und Elvira heißt."

„Elvira", bemerkte der dritte junge Mann, „wahrhaftig ein

wohlklingender Name! Kannst du uns sagen, wo deine Fee wohnt?"

„Das will ich euch nicht verheimlichen; sie wohnt mit ihrem Vater in einer kleinen Villa im Viertel Santo Antônio. Dort leben sie bescheiden, vermeiden jeden gesellschaftlichen Umgang und erscheinen sehr selten in der Öffentlichkeit. In ihrem zwischen Hecken aus Kokospalmen und Wäldchen versteckten Häuschen lebt sie wie eine geheimnisvolle Fee in einer verzauberten Grotte."

„Erstaunlich!" bemerkte Dr. Geraldo. „Wie hast du diese verzauberte Nymphe entdeckt und dir Zugang zu ihrer geheimnisvollen Grotte verschafft?"

„Das erzähle ich euch in wenigen Worten. Als ich eines Tages an der Villa vorbeiritt, sah ich sie auf einer Bank im kleinen Vordergarten sitzen. Ihre Schönheit überraschte mich. Als sie sah, daß ich sie mit allzu großer Neugierde betrachtete, verschwand sie wie ein Schmetterling zwischen blühenden Büschen. Ich nahm mir fest vor, sie um jeden Preis wiederzusehen und anzusprechen. Doch so sehr ich mich in der ganzen Nachbarschaft erkundigte, ich fand nicht einen Menschen, der zu ihr Beziehungen pflegte und der sie mir hätte vorstellen können. Schließlich erkundigte ich mich, wer denn der Besitzer der kleinen Villa sei, und suchte ihn auf. Doch auch dieser konnte mir keine Auskunft geben. Alles, was er über seine Mieter wußte, war, daß diese immer pünktlich im voraus ihre Monatsmiete bezahlten. In der Zwischenzeit flanierte ich jeden Nachmittag am Garten vorbei, um sie überraschen und besser bewundern zu können. Doch wenn sie zufällig im Garten war, floh sie jedesmal vor meinen Blicken, wie beim ersten Mal. Eines Tages, als ich wieder vorbeiging, verlor sie ein Taschentüchlein, als sie sich von der Bank erhob. Die Gartentür stand offen; ich erlaubte mir, einzutreten, nahm das Tüchlein und lief ihr nach. Ich übergab es ihr, als sie schon den Fuß auf der Türschwelle hatte. Sie bedankte sich mit einem so zauberhaften Lächeln, daß ich kurz davor war, mich vor ihr niederzuknien; sie bat mich jedoch nicht herein und bot mir auch nichts anderes an."

„Dieses Taschentuch, Álvaro", unterbrach ein junger Mann, „sicher ließ sie es fallen, damit du sie aus der Nähe sehen und ansprechen konntest. Ein delikater Einfall von Koketterie."

„Das glaube ich nicht; dieses Geschöpf hat keine Spur von Koketterie, sie ist ganz Reinheit und Natürlichkeit. Sicher ist, daß es mir schwerfiel, meine Füße von dort fortzubewegen, so als ob eine magnetische Kraft mich zurückhalten würde." Álvaro hielt inmitten seiner Erzählung, verzückt von den eigenen Erinnerungen, inne.

„Und dabei hast du es bewenden lassen, Álvaro?" fragte der andere junge Mann. „Deine Liebesgeschichte beginnt uns zu interessieren! Erzähl' weiter, ich bin neugierig auf die Wende . . ."

„Die Wende? Oh, die ist noch nicht eingetreten, und ich weiß selbst nicht, wie es ausgehen wird. Ich habe alle möglichen Tricks angewendet, um in das Heiligtum dieser Göttin zu gelangen; alles umsonst. Der Zufall kam mir schließlich zur Hilfe. Als ich eines Nachmittags mit dem Wagen durch das Viertel Santo Antônio fuhr, auf dem mir mittlerweile geheiligten Spaziergang am Ufer des Beberibes, sah ich einen Mann und eine Frau, die mit vollen Segeln in einem kleinen Boot über den Fluß fuhren.

Gleich darauf strandeten sie auf einer Sandbank. Ich stieg augenblicklich aus dem Wagen, nahm eine Schaluppe und eilte den beiden Seglern zur Hilfe, die sich vergebens abmühten, den kleinen Kahn freizubekommen. Ihr könnt euch nicht vorstellen, wie angenehm überrascht ich war, als ich in den beiden Personen auf dem Boot meine Geheimnisvolle und ihren Vater erkannte . . ."

„So etwas hatte ich schon erwartet. Die Geschichte deiner

Liebelei mit dieser geheimnisvollen Fee nimmt allmählich die Züge eines phantastischen Gedichts an."

„Es ist trotzdem die reine Wahrheit. Da die beiden naß und verschmutzt waren, bat ich sie, in meinen Wagen zu steigen. Widerstrebend nahmen sie an, und wir fuhren zu ihrem Haus. Den Rest muß ich euch wohl nicht berichten, obwohl ich sagen muß, daß mir nur zögerlich Eintritt in die mysteriöse Grotte gewährt wurde."

„Und wie ich sehe", fragte der Doktor, „bist du in diese Frau verliebt?"

„Verliebt! Ich vergöttere sie immer mehr, noch dazu habe ich Gründe, zu glauben . . . daß ich ihr auch nicht gänzlich gleichgültig bin."

„Gebe Gott, daß du nicht in die Netze einer Circe aus einem Bordell geraten bist, einer Abenteurerin, die nur auf dein Geld aus ist. Diese Zurückgezogenheit von der Gesellschaft und das Geheimnis, mit dem sie so sorgfältig ihr Leben umgibt, sprechen nicht gerade für sie."

„Wer weiß, vielleicht sind es Verbrecher, die sich polizeilichen Ermittlungen entziehen wollen?" bemerkte einer der Männer.

„Vielleicht Falschmünzer", gab der andere zu bedenken. „Ich werde jedesmal mißtrauisch", fuhr der Doktor fort, „wenn ich eine hübsche Frau sehe, die in Begleitung eines Mannes durch fremde Länder reist und behauptet, dies sei ihr Vater oder ihr Bruder. Der Vater deiner Fee ist vielleicht irgendein Zigeuner oder Hochstapler, der mit der Schönheit seiner Tochter spekuliert."

„Heiliger Gott! Erbarmen!" rief Álvaro. „Wenn ich geahnt hätte, daß ihr dieses engelhafte Wesen so erbarmungslos beurteilen würdet, hätte ich mir lieber die Zunge abgeschnitten, als sie zu erwähnen. Glaubt mir, ihr seid zu ungerecht zu diesem armen Mädchen, meine Freunde. Ich würde sie eher für eine vertriebene Prinzessin halten, wenn ich nicht wüßte, daß es sich um einen vom Himmel gefallenen Engel handelte. Ihr werdet sie schon bald sehen, und ich bin mir sicher, daß ihr sie einstimmig zur Göttin erklären werdet. Das schlimmste aber ist, daß ich mir jetzt schon sicher bin, in jedem von euch einen Rivalen zu finden."

„Was mich angeht", sagte einer der Männer, „kannst du beruhigt sein, mir waren geheimnisvolle Mädchen schon immer ein Greuel."

„Und ich bin nur ein einfacher Sterblicher und fürchte mich sehr vor Feen", fügte der andere hinzu.

„Und wie kommt es", fragte Geraldo, „daß sie, die so abgeschieden lebt, sich entschließen konnte, ihre geheimnisumwitterte Einsamkeit zu verlassen und auf einen so öffentlichen und gut besuchten Ball zu kommen?"

„Frag nicht, welche Überredungskünste mich das gekostet hat, mein Freund!" antwortete Álvaro. „Ich mußte sie fast dazu zwingen. Seit langem schon versuche ich, sie mit allen Mitteln davon zu überzeugen, daß eine junge und schöne Frau wie sie ein Verbrechen begeht, wenn sie ihren Zauber in der Einsamkeit versteckt. Ein Verbrechen, das Gott nicht gerne sieht, denn er hat die Schönheit erschaffen, damit sie gesehen, bewundert und vergöttert wird; ich bin nämlich gegen eifersüchtige und gallige Liebhaber, die ihre Angebeteten am liebsten in der tiefsten Erde versteckt sähen. Argumente, Bitten, Flehen, alles war umsonst; Vater und Tochter weigerten sich ständig, in der Öffentlichkeit aufzutreten, unter den verschiedensten Vorwänden. Am Ende habe ich zu einer List gegriffen: Ich habe ihnen eingeredet, daß ihre zurückgezogene Lebensweise, ohne gesellschaftlichen Kontakt in einem Lande, wo sie unbekannt seien, schon Stoff für Gespräche und Verdächtigungen liefere, und daß sogar die Polizei beginne, sie mißtrauisch zu beäugen. Lügen, die nicht ganz unplausibel sind . . ."

„So plausibel", unterbrach der Doktor, „daß sie vielleicht nicht einmal so weit von der Wahrheit entfernt sind."

„Sie mußten einsehen", fuhr Álvaro fort, „daß diese Verdächtigungen, so unbegründet sie auch sind, entkräftet werden müßten. Zu diesem Zweck sollten sie unbedingt mit der Gesellschaft verkehren. Dieser Schwindel führte zu dem gewünschten Erfolg."

„Um so schlimmer für Sie", erwiderte der Doktor. „Das ist ein schlechtes Zeichen, das meinen Verdacht bestätigt. Wären sie unschuldig, so würden sie sich um die Verdächtigungen der Polizei oder der Öffentlichkeit keinen Deut scheren, und sie würden weiterleben wie vorher."

„Deine Spitzfindigkeiten sind vollkommen unbegründet, mein lieber Doktor. Sie verfügen nur über geringe Mittel und sind nicht vermögend. Deswegen meiden sie die Gesellschaft . . . Da kommen sie! Schaut und überzeugt euch mit eigenen Augen . . ."

In diesem Augenblick trat eine wohlgestaltete junge Dame am Arme eines reifen, stattlichen Mannes in die Vorhalle.

„Guten Abend, Herr Anselmo! Guten Abend, Dona Elvira! Es freut mich, daß Sie kommen!" begrüßte Álvaro die gerade Angekommenen. Dann bot er Dona Elvira den einen Arm, Herrn Anselmo den anderen und führte sie ins Innere des Hauses, wo sich schon die wichtigsten Vertreter der Gesellschaft in großer Zahl tummelten. Die drei Gesprächspartner Álvaros und viele andere, die sich dort befanden, bildeten ein Spalier, um Elvira durchschreiten zu sehen. Ihre Anwesenheit rief Aufsehen und Gemurmel hervor, selbst unter denen, die von ihrem Kommen nichts gewußt hatten.

„In der Tat, sie ist hinreißend!"

„Welch königliche Haltung!"

„Welch pechschwarze Augen!"

„Welch prächtiges Haar!"

„Und der Hals! . . . der Hals! Hast du es nicht gesehen?"

„Wie schlicht und elegant gekleidet!" Solches und anderes

mehr murmelten die drei jungen Herren, als handle es sich um eine himmlische Erscheinung.
„Ist dir nicht aufgefallen", fügte Dr. Geraldo hinzu, „was für ein hinreißendes Mal sie auf der rechten Wange hat? Álvaro hat recht; vor seiner Fee verblassen alle Schönheiten. Ich brenne vor Ungeduld, ihr vorgestellt zu werden; ich würde sie gerne aus der Nähe betrachten."
Sie führten die Unterhaltung in diesem Tone fort, bis Álvaro nach einigen Minuten wieder bei ihnen war, nachdem er die dankbare Aufgabe erfüllt hatte, diese neue Perle in die Gesellschaft einzuführen.
„Meine Freunde", sagte er mit siegreicher Miene, „ich lade euch ein, in den Tanzsaal zu kommen. Ich möchte Euch Dona Elvira vorstellen, um ein für allemal die ungerechten und beleidigenden Vorurteile auszuräumen, die ihr gegen sie hegt."
Die vier Herren verschwanden im Trubel der inneren Räume. An ihre Stelle trat jedoch augenblicklich eine Gruppe hübscher und eleganter junger Mädchen, die in Seide und Schmuck wie Paradiesvögel schimmerten und sich hin und her gehend unterhielten. Gegenstand ihres Gesprächs war ebenfalls Dona Elvira; der Ton war jedoch ein gänzlich anderer, und ließ sich in nichts mit der Unterhaltung der jungen Männer vergleichen. Hören wir ihnen für einige Augenblicke zu.
„Dona Adelaide, können Sie uns nicht sagen, wer dieses Mädchen ist, das vor kurzem am Arm von Herrn Álvaro in den Tanzsaal kam?"
„Nein, Dona Laura; ich sehe sie zum ersten Mal, mir scheint, sie ist nicht von hier."
„Sicherlich nicht; wie erstaunt sie guckte! Wie eine Landpomeranze, die noch nie ihren Fuß in einen Tanzsaal gesetzt hat, finden Sie nicht, Dona Rosalina?"
„Da haben Sie recht. Habt ihr ihre Toilette gesehen? Mein

Gott, wie ärmlich! Selbst meine Zofe zieht sich mit mehr Geschmack an! Dona Emilia weiß vielleicht, wer sie ist."

„Ich? Wieso? Das ist das erste Mal, daß ich sie sehe, aber Herr Álvaro hatte sie mir schon als ein Wunder an Schönheit angekündigt. Das finde ich gar nicht; sie ist hübsch, aber nicht so sehr, daß man fassungslos wäre."

„Dieser Herr Álvaro war schon immer ein Exzentriker, ein seltsamer Vogel; alles, was neu ist, zieht ihn an. Wo mag er wohl diese Perle gefischt haben, die ihn so in Verzückung geraten läßt?"

„Sie ist ein Zugvogel von den südlichen Meeren, meine Freundin, und allem Anschein nach ist sie gar nicht so übel."

„Hätte sie nur nicht dieses schwarze Muttermal im Gesicht, dann sähe sie besser aus."

„Im Gegenteil, Dona Laura, das Mal auf der Wange gibt ihr erst eine bezaubernde Note . . ."

„Ach, verzeihen Sie, meine Freundin; mir war entfallen, daß Sie ein ähnliches Mal im Gesicht haben. Es steht Ihnen wirklich sehr gut. Wenn ich aber richtig gesehen habe, ist *ihr* Mal zu groß; es sieht nicht wie ein Schönheitsfleck aus, sondern eher wie ein Käfer, der in ihrem Gesicht gelandet ist."

„Um ehrlich zu sein, ich habe es nicht genau gesehen. Gehen wir in den Tanzsaal; wir müssen sie aus der Nähe sehen und sie in Ruhe betrachten."

Sie gingen von dannen, Arm in Arm wie eine lange, bunte Blumengirlande, die sich schlängelnd in der Menge verlor.

11. KAPITEL

Álvaro war eines jener Wesen, die von Natur und Fortuna mit ihren Schätzen überschüttet worden waren. Als einziger Sohn einer geachteten und vermögenden Familie war er, fünfundzwanzigjährig, Vollwaise und Herr eines Vermögens von ungefähr zweitausend Contos.

Er war von mittlerer Statur, schlank und gutaussehend, besonders wegen des edlen, sympathischen Gesichtsausdrukkes. Sein Geist war nicht besonders gebildet, er verfügte jedoch über einen präzisen Verstand. Nachdem er das Gymnasium absolviert hatte, beschloß er Jura zu studieren. Während des ersten Studienjahres der Rechtsphilosophie fand er Gefallen an den akademischen Studien. Als er sich jedoch durch das Dickicht der trockenen und langweiligen Paragraphen schlagen mußte, schwand die Lust, auf dem eingeschlagenen Pfad weiterzuschreiten, dahin. Da er eine originelle Seele voll hoher Erwartungen war, fand er großes Vergnügen an politischen und gesellschaftlichen Fragen, an utopischen Träumen und weniger am Studium und der Interpretation von Gesetzen, die seiner Meinung nach zum größten Teil lediglich auf absurden Irrtümern und Vorurteilen basierten.

Er haßte alle gesellschaftlichen Privilegien und Standesunterschiede; überflüssig zu sagen, daß er ein Liberaler, fast ein Sozialist war.

Álvaro war auch begeisterter Gegner der Sklaverei – und das nicht nur in Worten. Da ein großer Anteil seines ererbten Vermögens aus Sklaven bestand, kümmerte er sich sogleich um ihre Freilassung. Weil er jedoch Philanthrop war und wußte, wie gefährlich es sein konnte, unvermittelt aus der totalen Unterwerfung in den Genuß der vollen Freiheit zu geraten, führte er auf einem seiner Landgüter eine Art Kolonie für seine befreiten Sklaven ein. Die Leitung dieser Kolonie

vertraute er einem umsichtigen Aufseher an. Diese Maßnahme konnte für die Befreiten, die Gesellschaft und für Álvaro selbst von großem Vorteil sein. Das Land wurde den Sklaven zur Bebauung verpachtet. Sie unterwarfen sich einer gemeinsamen Disziplin, die sie davor bewahrte, sich dem Nichtstun und dem Verbrechen hinzugeben. Ihr Lebensunterhalt war somit gesichert. Außerdem konnten sie so einige Ersparnisse beiseite legen und Álvaro für den Verlust entschädigen, der ihm durch ihre Freilassung entstanden war.
Trotz seiner Menschenliebe hatte Álvaro noch nicht jene ideale Frau gefunden, die ihm so oft in seinen Träumen zulächelte. Zwar war Álvaro häufig Gegenstand großer Aufmerksamkeit in der eleganten Welt, doch war er höflich und freundlich zu allen Mädchen, hatte aber noch keiner ein Zeichen der Bevorzugung gegeben.
Man kann sich vorstellen, welche Enttäuschung, welches Entsetzen im Kreis der schönen Pernambucanerinnen herrschte, als sie das große Interesse und den Eifer sahen, mit dem sich Álvaro der schönen Unbekannten widmete, mit welcher Ehrerbietung er sie behandelte und mit wieviel enthusiastischem Lob er sie bedachte. Hera und Athene waren nicht so beleidigt, als Paris Aphrodite den Schönheitspreis verlieh. Bereits vor dieser Abendgesellschaft hatte Álvaro so schmeichelhaft und in so hingerissenen Tönen über Elvira berichtet, daß alle überrascht und beunruhigt waren. Die Mädchen brannten darauf, dieses Ideal der Schönheit anzuschauen. Aber bevor man sie überhaupt je gesehen hatte, regnete es über die Unbekannte und ihren Bewunderer Bosheiten und spöttische Bemerkungen. Als die jungen Damen die Rivalin endlich zu sehen bekamen, fühlten sie einen unangenehmen Stich in der Tiefe ihres Herzens; sie verbargen ihn nur mühsam unter vorgetäuschtem, hochmütigem Lächeln. Ich bitte an dieser Stelle alle Schönen um Verzeihung für meine Unverblümtheit: Eitelkeit ist, mit sehr weni-

gen Ausnahmen, die unzertrennliche Begleiterin der Schönheit. Wo sie sich einfindet, läßt auch der Neid nicht lange auf sich warten. Die Schönheit der Unbekannten war unbestreitbar. Ihre Bescheidenheit und Schüchternheit fügten ihrer angeborenen Eleganz keinen Schaden zu. Die einfache, fast ärmliche Kleidung im Kontrast zu dem sie umgebenden Luxus stand ihr vorzüglich und hob ihren natürlichen Zauber noch hervor. Der betörende Eindruck, den Elvira bei ihrem Erscheinen hervorrief, genügte, die Eitelkeit der anderen Schönen im Saal zu verletzen.

Álvaro war sich der kaum verhohlenen Feindseligkeit nicht bewußt, mit der er und sein Schützling – so können wir sie nennen – empfangen wurden. Aber die schüchterne Elvira, der hier nirgendwo Aufrichtigkeit und Herzlichkeit begegnete, fühlte sich unwohl in dieser Atmosphäre vorgetäuschter Liebenswürdigkeit und Höflichkeit. Sie sah in jedem Blick höhnische Verachtung, in jedem Lächeln beißenden Spott.

Doch lassen Sie uns nun Bekanntschaft schließen mit seinem Freund Dr. Geraldo, einem Mann von dreißig Jahren, hochangesehener Rechtsanwalt im Gerichtsbezirk Recife. Seine Intelligenz und ein aufgeklärter, ehrlicher, standhafter Charakter verliehen ihm den Vorzug von Álvaros Wertschätzung. Wie es sich für einen bewanderten Rechtsgelehrten gehört, hatte er großen Respekt vor allen Institutionen und tolerierte sogar die Vorurteile und Launen der Gesellschaft. Darin befand er sich im krassen Widerspruch zu den fortschrittlichen Ideen seines Freundes. Doch trübten derartige Meinungsunterschiede nicht die gegenseitige Zuneigung.

Wir haben bereits aus Álvaros eigenem Munde vernommen, daß er Dona Elvira zufällig kennenlernte und auf welche Weise es ihm gelang, sie zu der Abendgesellschaft kommen zu lassen, zu der wir uns jetzt wieder begeben.

„Mein Vater", sagte die junge Dame zu dem ansehnlichen Herrn an ihrer Seite, während sie in die Vorhalle traten.

„Vater, lassen Sie uns doch ein wenig in diesem Raum bleiben, solange noch niemand da ist. Mein Gott", fuhr sie mit gedämpfter Stimme fort, nachdem sie sich hingesetzt hatten, „was tue ich denn hier, eine Sklavin, inmitten der Reichen und Adligen! Dieser Luxus, dieser Glanz, diese Komplimente verwirren meine Sinne! Ich begehe ein Verbrechen, wenn ich mich in solch glänzende Gesellschaft begebe; das ist Verrat, ich spüre es, ich habe Gewissensbisse . . . Wenn diese edlen Damen ahnten, daß eine entflohene Sklavin sich Seite an Seite mit ihnen vergnügt und tanzt!" rief sie aus. „Eine Sklavin! Mir scheint, alle können dieses Wort lesen, als ob es auf meiner Stirn geschrieben stünde. Gehen wir, Vater. Diese Gesellschaft scheint mich zu verspotten; die Luft hier nimmt mir den Atem . . ." Bei jedem Satz warf das Mädchen unruhige Blicke um sich und zog am Arm ihres Vaters: „Lassen Sie uns gehen, Vater, fliehen wir!"

„Beruhige dich, mein Kind", versuchte der Alte sie zu besänftigen. „Hier kann absolut keiner ahnen, wer du bist. Wie könnten sie den Verdacht schöpfen, daß du eine Sklavin bist, wenn all diese schönen und edlen Damen weder an Gestalt noch in punkto Grazie oder Geist sich mit dir messen können?"

„Um so schlimmer; alle Aufmerksamkeit gilt mir. Diese neugierigen Blicke, die aus allen Ecken auf mich gerichtet sind, lassen mich ständig schaudern. Ich wünschte, die Erde würde sich auftun und mich verschlingen."

„Aber nein, deine Angst und deine Scheu sind es, die uns verraten könnten, falls das Geringste zu befürchten wäre. Trage alle deine Gaben und Vorzüge ungezwungen zur Schau, tanze, singe, unterhalte dich, gib dich fröhlich und zufrieden, dann werden sie niemals auf den Gedanken kommen, daß du eine Sklavin sein könntest, sondern dich eher für eine Prinzessin halten. Hab Mut, mein Kind, wenigstens heute; dies ist das erste und das letzte Mal, daß wir uns in solche Verlegen-

heit bringen. Wir können nicht länger an diesem Ort bleiben, wo man beginnt, uns zu verdächtigen."
„Das ist wahr, Vater. Welch Verhängnis!" Das Mädchen schüttelte traurig den Kopf. „Also sind wir dazu verdammt, von Ort zu Ort zu ziehen, verbannt aus der Gesellschaft, gezwungen, ein heimliches Leben zu führen, jeden Augenblick zusammenzufahren, als ob der Himmel uns mit einem Fluch gebrandmarkt hätte! Ach, diese Abreise wird mir im Herzen wehtun! Ich weiß nicht, was für ein Zauber mich hier festhält. Dennoch muß ich mich auf ewig verabschieden von diesem Ort, an dem ich einige fröhliche und friedvolle Tage verbracht habe. Wer weiß, vielleicht wäre es besser gewesen, an den Qualen der Gefangenschaft zugrunde zu gehen!"
In diesem Augenblick trat Álvaro in die Vorhalle. Er ließ seine Blicke schweifen, so als suche er jemanden.
„Wohin sind sie bloß verschwunden? Sie werden doch noch nicht gegangen sein? Zum Glück, da sind sie ja noch!" rief er freudig, als er die beiden entdeckte. „Dona Elvira, Sie sind viel zu bescheiden; Sie verstecken sich in der Ecke, statt sich im Saal zu vergnügen, wo alle sich nach Ihrer Anwesenheit sehnen. Überlassen Sie das den Mauerblümchen; die Rose muß ihre Pracht im Lichte zur Schau tragen."
„Verzeihen Sie mir", murmelte Elvira, „ein armes Mädchen, das wie ich in der Einsamkeit des Landlebens aufgewachsen und nicht solch prächtige Feste gewöhnt ist, fühlt sich eingeengt und verlegen . . ."
„Oh, nein! Sie werden sich hoffentlich daran gewöhnen. Ich suche Sie auf Wunsch einiger Herren, die bereits zu Ihren Bewunderern zählen. Um die Eintönigkeit der Walzer und Quadrillen zu unterbrechen, pflegen die Damen uns mit Liedern zu verzaubern. Einige Personen, denen ich gesagt habe – verzeihen Sie mir bitte die Indiskretion, sie entsprang aus meiner Begeisterung –, daß Sie die schönste aller

Stimmen besäßen, äußern den heftigen Wunsch, Sie zu hören."

„Ich, Herr Álvaro! Ich soll vor solch erlauchter Gesellschaft singen? Bitte, erlassen Sie mir diese Prüfung. In ihrem eigenen Interesse: Ich singe schlecht, ich bin sehr schüchtern und bin sicher, daß ich Sie nur blamieren werde. Ersparen Sie uns beiden diese Schande."

„Dies sind Entschuldigungen, die ich nicht annehmen kann. Ich habe Sie schon singen gehört; glauben Sie mir, Dona Elvira. Wer so begabt ist wie Sie, sollte sich nicht scheuen. Ich bitte Sie inständig, singen Sie nichts anderes als jenes liebliche Sklavenlied, das Sie neulich sangen, als ich Sie überraschte, und die Zuhörer werden hingerissen sein."

„Warum darf es kein anderes sein? Dieses weckt in mir so traurige Erinnerungen . . ."

„Vielleicht kommt es Ihnen deswegen so schön über die Lippen."

„Welch ein Unglück!" seufzte Dona Elvira, „die mich am meisten lieben, werden, ohne es zu wissen, zu meinen ärgsten Peinigern!"

Elvira hätte sich am liebsten um jeden Preis entschuldigt, denn unter diesen Umständen zu singen war für sie die größte aller Qualen. Doch sie konnte sich nicht länger weigern. Sie dachte an den klugen Rat ihres Vater und ließ sich nicht länger bitten. Sie nahm Álvaros Arm und schritt mit ihm zum Klavier.

Sogleich war sie umringt von einem Meer neugieriger Köpfe und erwartungsvoll klopfender Herzen. Die Herren brannten darauf zu wissen, ob die Stimme dieser Frau ihrer Schönheit entsprach, ob die Fee auch eine Sirene war; die Damen hofften auf das Vergnügen, ihre Rivalin wenigstens auf diesem Gebiet versagen zu sehen. Sie wollten sie doch zu gerne mit dem Pfau in der Fabel vergleichen, der sich bei der Göttin Juno beschwert, sie habe ihn zwar zum schönsten aller Vögel gemacht, ihm dafür aber nur ein rauhes und unangenehmes Krächzen zur Stimme gegeben.

Die Atmosphäre war feierlich und gespannt. Elvira befand sich in der Lage einer Primadonna, die zum ersten Mal vor einem gebildeten und verwöhnten Publikum singt, bei dem sie bereits einen hervorragenden Ruf genießt. Um sie herum herrschte tiefes Schweigen. Alle Umstehenden schienen den Atem anzuhalten. Man meinte, ihre Herzen vor Aufregung pochen hören zu können. Selbst Álvaro, der Elviras exzellente Stimme schon kannte, konnte sich gegen eine gewisse Unruhe und Ergriffenheit kaum wehren. Elvira selbst war es gleichgültig, ob sie gut oder schlecht sang. Sie wäre gerne das häßlichste aller anwesenden Mädchen gewesen, wenn man ihr nur gestattet hätte, sich ungestört in eine Ecke zurückzuziehen. Es war, als ob eine furchtbare Vorahnung sich ihrer bemächtigt hätte. Aber Elvira liebte Álvaro und war ihm dankbar für den Eifer, die Sorge und alle Begeisterung, mit der er sie als Ideal von Schönheit und Begabung bei dieser brillanten Gesellschaft einzuführen versuchte. Um die schmeichelhaften Ansichten, die er über sie verbreitet hatte, nicht zu widerlegen, wollte sie so gut singen, wie sie nur konnte. Sie wollte Álvaro zum Sieg verhelfen, mehr als sich selbst.

Sobald ihre biegsamen Finger am Klavier einige einfache Akkorde zur Einleitung anschlugen, fühlte sie in sich eine Veränderung, und den Umstehenden offenbarte sich eine weitere Facette ihrer Schönheit. Ihr Antlitz, gewöhnlich ein Ausdruck tiefster Bescheidenheit, wurde von unbeschreiblichem Glanz erfüllt; der wunderbar geformte Busen erhob sich stolz und majestätisch; ihr Hals dehnte sich weiß und schlank wie der eines Schwans, der sich anschickt, in herrlichen Gesang auszubrechen.

Es war die Inspiration, die ihre Stirn zart küßte und sie in eine Priesterin des Schönen verwandelte, in eine begnadete Interpretin himmlischer Klänge. Elvira hatte kaum zu Ende gesungen, als der Saal unter stürmischem Applaus erzitterte. Die Decke bebte bei dem betäubenden Geräusch des Beifalls und begeisterter Zurufe. Isaura hatte einen kolossalen Triumph errungen.

„Álvaros Fee ist eine Sirene", sagte Dr. Geraldo zu einem der Herren, in deren Begleitung wir ihn schon gesehen haben. „Sie vereint alles . . . Was für eine reine und sanfte Klangfarbe ihre Stimme hat! Ich fühlte mich in den siebten Himmel gehoben wie beim Erklingen von Engelschören."

„Sie ist eine vollendete Künstlerin . . . Im Theater würde sie die Malibran vergessen lassen und in ganz Europa berühmt werden. Álvaro hat recht; ein solches Wesen kann keine gewöhnliche Frau sein, und noch viel weniger eine Abenteurerin." Die Musik setzte nun zu einer Quadrille an und unterbrach die Unterhaltung oder ließ sie uns zumindest nicht weiter hören.

„Dona Elvira", sagte Álvaro zu seinem Schützling, der bereits zu seinem Vater zurückgekehrt war, „vergessen Sie nicht, daß Sie mir diese Quadrille versprochen haben."

Elvira zwang sich zu lächeln und versuchte gegen die furchtbare Niedergeschlagenheit anzukämpfen, die sie beim Verlassen des Klaviers von neuem erfaßt hatte.

Sie nahm Álvaros Arm und begab sich mit ihm zu ihrem Platz in der Quadrille.

12. KAPITEL

Nun wissen die Leser, sofern sie es nicht bereits erraten haben, daß Elvira keine andere als die Sklavin Isaura ist und daß es sich bei Anselmo um niemand anderen als den Aufse-

her Miguel handelt – um zwei alte Bekannte. Da die Leser ebenfalls wissen, daß Isaura neben der ausgezeichneten Intelligenz auch eine erstklassige Erziehung besaß, werden sie sich kaum über die vollendeten Manieren, die elegante und gehobene Sprechweise und über die anderen Talente gewundert haben, die es dieser außergewöhnlichen Sklavin ermöglichten, in solch erhabener und aristokratischer Gesellschaft zu erscheinen und zu glänzen.
Die verzweifelte Lage, in der er seine Tochter vorgefunden hatte, war für Miguel Anlaß zu jener überstürzten Flucht gewesen. Er hatte sich mit Schrecken an das erbärmliche Schicksal erinnert, das Isauras Mutter unter gleichen Umständen zuteil geworden war. Er war sich gewiß, daß Leôncio, herzlos wie sein Vater, aber noch weitaus korrupter und zügelloser, zu noch größeren Grausamkeiten und Gewalttätigkeiten fähig war. Nachdem Miguel die Hoffnung verloren hatte, seine Tochter freikaufen zu können, sah er sich berechtigt, die dafür aufgebrachte Summe zur Befreiung des Opfers aus den Klauen seines Folterknechts zu verwenden. Er war sich darüber im klaren, daß er in den Augen der Welt ein Verbrechen beging, eine Tat, die eines rechtschaffenen Mannes unwürdig war, indem er einer Sklavin zur Flucht aus dem Haus ihres Herren verhalf. Der Gedanke jedoch, daß es seine Tochter war, die er vor dem Zugriff Leôncios rettete, rechtfertigte ihn vor seinem eigenen Gewissen.
Der unglückliche Vater hatte sehr wohl daran gedacht, diesen Mißstand bei den Behörden anzuzeigen und diese um Schutz für seine Tochter vor den Gewalttätigkeiten und Mißhandlungen ihres grausamen Herrn zu bitten. Alle Befragten gaben jedoch dieselbe Antwort: „Lassen Sie das lieber sein, es ist verlorene Zeit. Was in den Häusern der Reichen geschieht, geht die Behörden nichts an. Tun Sie sich das nicht an: Sie können sich glücklich schätzen, wenn man Sie nur die Kosten bezahlen läßt, und Ihnen nicht dazu noch einen Prozeß

anhängt, bei dem Sie am Ende im Gefängnis landen. Wo hat man denn schon erlebt, daß ein Armer gegen einen Reichen recht bekommt oder daß ein Schwacher einen Starken besiegt?"
Miguel unterhielt heimlich Verbindung mit einigen der alten Sklaven auf Leôncios Gut. Diese erinnerten sich voller Sehnsucht an die guten Zeiten, als Miguel ihr Aufseher gewesen war. Durch sie erfuhr er alles, was sich auf dem Gut ereignete.
Nachdem er von der bedrohlichen Lage erfahren hatte, in der sich seine Tochter nach dem Tod des Komturs befand, zögerte er nicht einen einzigen Augenblick und traf alle Vorbereitungen zu ihrer Rettung vor dem barbarischen neuen Herrn. Schon am frühen Morgen nach ihrer Entführung befand er sich mit Isaura auf dem Weg in die nördlichen Provinzen, an Bord eines Sklavenschiffes, dessen Kapitän ein alter portugiesischer Freund war. Da ihn seine Route nach Afrika führte, ließ jener die beiden an der Küste Pernambucos bei Recife von Bord, mit dem Versprechen, in drei oder vier Monaten zurückzukehren und sie zu einem Ziel ihrer Wahl zu bringen.
Miguel hatte von Kindheit an ein sehr bescheidenes Leben geführt und auch als Gärtner oder Aufseher nur einen sehr beschränkten Kreis von Beziehungen gehabt. Er besaß nur wenig Kenntnisse und Erfahrungen von der Welt. Dies hinderte ihn daran, die Lage, in der er und seine Tochter sich befanden, richtig einzuschätzen. Während seiner langjährigen Tätigkeit als Aufseher beim Komtur und anderen Gutsbesitzern hatten sich nur wenige und unbedeutende Fälle von Sklavenflucht ereignet. Meistens waren die Geflohenen nur für ein paar Tage auf benachbarten Gütern verschwunden. Es ist daher nicht verwunderlich, daß ihm der volle Umfang der Rechte eines Herrn über seine Sklaven unbekannt war. Er kannte nicht die zahllosen Mittel, über die man verfügte, um eines Flüchtenden wieder habhaft zu werden. Er glaubte,

wenigstens für drei, vier Monate mit seiner Tochter in Pernambuco in Sicherheit leben zu können, wenn sie sich nur so weit wie möglich von der Gesellschaft fernhielten und ein stilles, verborgenes Leben führten.

Auch Isaura begann sich allmählich sicherer zu fühlen. Bis zu einem gewissen Grade wurde sie leichtsinnig gegenüber den Gefahren, denen sie ausgesetzt war. Diese Unbesorgtheit hielt jedoch nur bis zu dem Tage an, an dem sie Álvaro zum ersten Mal begegnete. Sie verliebte sich in ihn mit der Begeisterung edler Seelen, die zum ersten und einzigen Male lieben. Das machte ihre ohnehin schon schwierige Lage noch kritischer und beängstigender.

Álvaros Gesicht, seine Manieren, seine Stimme und sein Verhalten hatten das gewisse Etwas, jene Vornehmheit und Liebenswürdigkeit, die alle Herzen mit tiefster Sympathie erfüllt. Wie würde er dann erst zu derjenigen sein, die als einzige seine Liebe gewann? Isaura konnte einer so vielverheißenden Verlockung nicht widerstehen; sie verliebte sich in ihn mit der glühenden Begeisterung eines jungfräulichen Herzens, mit der unbedachten, blinden Liebe einer künstlerisch begabten Seele, obgleich ihr diese Liebe nichts weiter als neue, schwere Prüfungen verhieß.

Sie erkannte den Abgrund, der sie von Álvaro trennte, und wußte sehr wohl, daß keine Hoffnung diese unheilvolle Liebe nähren konnte. In den randvollen Becher ihres Kummers hatte das Schicksal noch diesen bitteren Schluck gegossen, der ihre Lippen verbrennen und ihr Dasein vergiften würde.

Es fiel ihr schon schwer genug, die Gesellschaft über ihren wahren Stand zu täuschen. Aufrichtig und gewissenhaft wie sie war, schämte sie sich, in den wenigen Menschen ihrer näheren Umgebung eine Art Achtung und Ansehen zu erwecken, auf die sie eigentlich keinerlei Anrecht hatte. Da jedoch kein größerer Schaden für diese Menschen entstand, fand sie sich damit ab. Aber sollte oder durfte sie ungestraft ihren Liebhaber ebenso täuschen? Durfte sie ihm durch ihr Schweigen verheimlichen, daß sie eine Sklavin war, durfte sie seine tiefe und entschlossene Leidenschaft nähren und wachsen lassen? War dies nicht ein gemeiner Betrug, ein infamer Verrat? Hatte er nicht, wenn er die Wahrheit erfuhr, das Recht, sie mit bitteren Vorwürfen zu beschämen, sie zu verachten, mit Füßen zu treten und sie wie eine gemeine Sklavin zu behandeln?

„Oh, das wäre noch schlimmer als der tausendfache Tod!" rief sie, im Widerstreit gefangen, der ihre Seele aufwühlte. „Nein, ich darf ihn nicht täuschen, dies wäre eine Niedertracht . . . Ich werde ihm alles verraten. Dies ist meine Pflicht, und ich werde sie erfüllen. So wird er wissen, daß er mich nicht lieben darf, nicht lieben soll. Aber er hat dann wenigstens nicht das Recht, mich zu verachten. Eine Sklavin, die anständig und ehrlich ist, verdient zumindest Achtung. Nein, ich darf ihn nicht täuschen, ich werde ihm alles sagen."

Diesen Entschluß diktierte ihr das angeborene Ehrgefühl. Als jedoch der Augenblick kam, ihn in die Tat umzusetzen, wurde ihr Herz schwach, und sie verschob die Ausführung ihres Vorhabens von einem Tag auf den nächsten.

Sie hatte nicht den Mut, den süßen Traum mit den eigenen Händen zu zerstören; denn er ließ ihre erbärmliche Lage vergessen. „Lassen wir es noch einen Tag bestehen", überlegte sie für sich, „dieses unaussprechlich köstliche Abenteuer. Ich bin eine Verurteilte, die man aus dem Kerker auf die Bühne geschleppt hat, auf daß sie noch für einige Augenblicke die glückliche und mächtige Königin spiele. Wenn ich die Bühne verlasse, werde ich wieder in meinem Verlies begraben, diesmal für immer. Verlängern wir diese Augenblicke. Es ist wohl erlaubt, dem Verurteilten wenigstens im Traum eine Stunde des Glücks zu gönnen? Es wird später noch Zeit sein, diese zerbrechliche Kette aus Gold, die mich an den Himmel bindet, zu zerreißen."

Es verging einige Zeit in diesem unentschlossenen Kampf, bei dem die Stimme der Leidenschaft stets die Stimme der Vernunft und des Gewissens besiegte, bis zu dem Tag, an dem Álvaro sie fast dazu zwingen mußte, die Einladung für den Ball anzunehmen. Von diesem Augenblick an empfand es Isaura als Verrat und Gemeinheit, ihren Liebhaber noch länger über ihren wahren Stand zu täuschen. Sie sah keine Möglichkeit mehr, diese so schiefe und prekäre Lage aufrechtzuerhalten, denn dies hieße wohl, die Unwissenheit dieses großzügigen jungen Mannes zu sehr auszunützen.
Sie, eine entflohene Sklavin, sollte auf einen Ball gehen, sich an seinem Arm aufplustern vor den ersten Kreisen einer wichtigen Hauptstadt! Dies hieße, seine Freundlichkeit und Zuvorkommenheit mit grobem Undank und gemeiner Niedertracht zu erwidern. Isauras Gewissen sträubte sich entschieden dagegen. Zwar traf es zu, daß Miguel sich genötigt sah, Álvaros liebenswürdiger Einladung zuzusagen; Isaura aber hatte geschwiegen.
Sie irrten, wenn sie Isauras Schweigen für Zustimmung hielten. Sie hatte verzweifelt versucht, ihr Gewissen zu entlasten und ihre wahre Identität vor den Augen ihres Liebhabers zu enthüllen. So sehr sie auch ihre ganze Willenskraft und Entschlossenheit versammelte, im entscheidenden Augenblick verließ sie der Mut. Das Wort lag ihr schon auf den Lippen, der Schritt zu Álvaros Füßen war halb getan, da sah sie seinen sanften, verliebten Blick und war wie verzaubert. Das Wort kam ihr nicht über die Lippen und floß in ihr Herz zurück, die Füße verweigerten die Bewegung, als wären sie am Boden festgenagelt. Isaura glich einer unglückseligen Selbstmörderin, die am Rande des furchterregenden Abgrundes, in den sie sich stürzen wollte, entsetzt zurückweicht.
„Was für ein schwaches, feiges Geschöpf ich bin!“ dachte sie schließlich ermattet. „Wie erbärmlich! Ich habe nicht einmal den Mut, meine Pflicht zu erfüllen. Nun muß er aus dem

Munde meines Vaters das hören, wozu ich nicht die Kraft hatte."

Diese Idee erschien ihr wie ein Rettungsanker, an den sie sich begierig klammerte. Sie wollte den Gedanken sofort in die Tat umsetzen, bevor sie der Mut erneut verließ.

„Mein Vater", sagte sie entschieden, sobald Álvaro durch das Gartentor entschwunden war, „ich erkläre Ihnen, daß ich nicht auf diesen Ball gehen werde. Ich will es nicht, und darf unter keinen Umständen dorthin gehen."

„Du gehst nicht?" rief Miguel erstaunt. „Und warum hast du das nicht schon früher gesagt, als Herr Álvaro noch hier war? Jetzt haben wir ihm schon unser Wort gegeben . . ."

„Für alles gibt es einen Ausweg, Vater", unterbrach ihn Isaura lebhaft, „und in diesem Fall ist er ganz einfach: Sie gehen gleich zu ihm und erzählen ihm das, was ich zu sagen nicht den Mut hatte. Erklären Sie ihm, wer ich bin, und alles ist erledigt." Es kostete sie äußerste Anstrengung, ihren Entschluß zu verwirklichen. Miguel blickte sie entsetzt an.

„Was sagst du denn da, mein Kind?" erwiderte er. „Du bist so blaß und erregt! Mir scheint, du hast Fieber . . . Fehlt dir etwas?"

„Mir fehlt nichts, Vater; machen Sie sich keine Sorgen um meine Gesundheit. Ich sage Ihnen, es ist absolut notwendig, daß Sie den jungen Mann aufsuchen und ihm alles sagen."

„Das werde ich niemals tun! Bist du verrückt geworden, Mädchen? Soll ich zusehen, wie du, in ein Gefängnis gesperrt und in Ketten gelegt, deinem Herrn ausgeliefert wirst und dann in seinen Klauen elendig zugrunde gehst? Isaura, bitte sprich nicht mehr davon! Solange in meinen Adern noch Blut fließt, solange ich auch nur noch die geringste Möglichkeit sehe, dich zu retten, werde ich sie ergreifen." „Durch Lüge und Unwahrheit wollen Sie mich retten, mein Vater?" erwiderte das Mädchen aufgebracht. „Wie könnte ich mich von ihm als eine freie Frau auf einen

Ball führen lassen, ohne damit eine arge Unredlichkeit zu begehen?"
„Schweig, Mädchen!" unterbrach sie der Alte, verwirrt durch die Erregung seiner Tochter. „Sprich nicht so laut . . . Beruhige dich, sie werden es niemals erfahren. Sobald wir können, verlassen wir diesen Ort, wenn möglich schon morgen. Wir nehmen irgendeinen Dampfer und lassen uns ganz weit fortbringen, zum Beispiel in die Vereinigten Staaten. Soviel ich weiß, sind wir dort vor jeder Verfolgung sicher. Mit meiner Arbeit und deinen Fähigkeiten können wir überall auf der Welt leben, ohne Not leiden zu müssen."
„Ach, Vater! Der Gedanke, daß wir so weit fortgehen ohne Hoffnung auf Rückkehr, bedrückt mein Herz."
„Was hilft's, mein Kind! Wir müssen vor diesem Ungeheuer fliehen, wenn nötig bis ans Ende der Welt!"
„Aber dieser junge Herr Álvaro, der sich so sehr für uns interessiert, ist so großzügig! Wenn er von meiner Herkunft erfährt und von den schrecklichen Umständen hört, die uns zwingen, als Flüchtlinge unter falschem Namen in der Welt umherzuirren, wird er uns vielleicht helfen. Möglicherweise kann er uns sogar vor den Verfolgungen schützen . . ."
„Wer versichert uns denn, daß es so sein wird? Es ist wahrscheinlicher, daß er dich verachtet, sobald er hört, daß du nichts weiter als eine entflohene Sklavin bist. In unserer schwierigen Lage ist es absolut notwendig, daß wir ihn und all die anderen täuschen. Wenn wir irgendwem unser Geheimnis verraten, sind wir verloren. Hab Mut, und laß uns zu dem Ball gehen, mein Kind. Es ist ein schweres Opfer, das wir unserer Sicherheit zuliebe bringen müssen, aber es geht schnell vorüber. Bald werden wir weit weg sein, und was macht es dann schon, wenn sie eines Tages erfahren, wer du warst? Sie werden uns niemals wiedersehen und nie wieder von uns hören. Wenn sie nicht wissen, wer du bist, kann deine Gesellschaft ihnen keine Schande machen. Du schadest

keinem damit; du tust es zu deiner Rettung, und dies werden sie dir alle verzeihen."

„Sie scheinen recht zu haben. Dennoch sträubt sich mein Herz gegen diesen Schritt, ich weiß nicht, warum."

„Aber der Schritt muß getan werden, mein Kind, wenn du nicht unser beider Unglück und Tod wünschst. Wenn wir nicht auf diesen Ball gehen und plötzlich verschwinden, dann werden die aufkeimenden Verdächtigungen erst recht Gestalt annehmen, die Polizei heftet sich an unsere Fersen und verfolgt uns überall. Es ist in der Tat ein Opfer, aber es ist besser als Verfolgung durch die Polizei, Gefängnis, Folter und Tod. Und das ist es, was dich im Hause deines Herrn erwartet."

Isaura antwortete nicht, sie fühlte sich von schmerzlichen und bitteren Überlegungen hin und her gerissen. Bei den Worten ihres Vaters hatte sie eine tiefe Mutlosigkeit ergriffen. Benommen von so vielen Schlägen, wirbelte ihre Seele in einer Flut von Zweifeln und Verwirrung, wie ein zerbrechliches Boot, das von den Wogen eines aufgebrachten Ozeans hin und her geworfen wird.

Die Ehrlichkeit und Anständigkeit ihres Herzens, das sich nicht mit Lug und Trug anfreunden konnte, wollten sie von jenem Ball fernhalten. Für einige Augenblicke schien ihr Entschluß festzustehen: „Nein, ich werde nicht gehen!"

Andererseits ließen sie die Überlegungen ihres Vaters, die so vernünftig schienen, und der Wunsch, Álvaros Gegenwart noch einmal für wenige Stunden zu genießen, erneut auf einem Meer der Unentschlossenheit treiben. Der Gedanke, daß sie vielleicht sogar schon am nächsten Tag diesen Ort verlassen und sich von Álvaro trennen mußte, ohne jegliche Hoffnung auf Lebwohl und Wiedersehen, ohne ihm sagen zu dürfen, wer sie war und wohin sie ging, zerriß ihr das Herz. Ein schrecklicher Gedanke! Dennoch war es die einzige Zukunft, die Isaura vor sich sah. Aber nein, sie hatte noch eine ganze Nacht des Vergnügens und des Glücks vor sich, eine herrliche Nacht des Tanzes und der Freude, in der sie dieselbe Luft wie ihr Liebhaber einatmen konnte. Sie konnte sich an seiner Stimme berauschen, seine verliebten Blicke in ihrer Seele sammeln, den Druck seiner angebeteten Hand auf der ihren verspüren, die Schläge seines Herzens zählen, die alle nur ihr galten! Ach, so eine Nacht war wie eine Ewigkeit, auch wenn danach Ängste und Gefahren, Versklavung und Tod folgen konnten!

Isaura war unschuldig und bescheiden, kannte jedoch ihren Wert. Als sie sich zum Gegenstand der Liebe eines so vornehmen und hervorragenden jungen Mannes wie Álvaro erkoren sah, fühlte sie sich in dem Urteil bestätigt, das sie von sich selbst hatte.

Sie war sich schnell sicher, daß es sich bei Álvaros Zuneigung nicht nur um oberflächliche Bewunderung für ihre Reize und Talente handelte, um eine Laune jugendlichen Leichtsinns, sondern um echte, aufrichtige und tiefe Leidenschaft. Dies erfüllte sie mit innerem Stolz, es hob sie in ihren eigenen Augen und ließ sie vergessen, daß sie eine Sklavin war.

„Ich bin überzeugt davon, daß ich der Liebe Álvaros würdig bin, andernfalls würde er mich nicht lieben. Warum also sollte ich es nicht wert sein, mich in diese erhabene Gesellschaft zu begeben?“ Von diesen Gedanken ermutigt und von der Aussicht auf einige Stunden unbeschreiblichen Glücks an der Seite ihres Liebhabers beflügelt, rief sie zu sich selbst: „Ich werde gehen, ich werde auf den Ball gehen!“

Während Isaura noch schwieg und den Kopf auf die Hand gestützt gedankenverloren nach einer Entscheidung suchte, schritt ihr Vater unruhig zwischen den Blumenbeeten im Garten einher und wartete ungeduldig auf die endgültige Antwort seiner Tochter.

„Ich werde gehen, mein Vater, ich werde auf den Ball gehen“, sagte sie schließlich, „aber ich werde mich darauf vorbereiten wie ein Opfer, das unter Blumen und Gesängen zur Opferstätte gebracht werden soll. Mich bedrückt eine furchtbare Vorahnung . . ."

„Was für eine Vorahnung, Isaura?"

„Ich weiß es nicht, mein Vater; ich befürchte irgendein Unglück."

„Was mich angeht, Isaura, sagt mir mein Herz, daß dieser Ball unsere Rettung sein wird."

13. KAPITEL

Der Leser soll nicht glauben, daß der Ball, den wir besuchten, etwa schon zu Ende wäre. Der kleine Umweg, den wir im vorangehenden Kapitel machten, erschien uns notwendig, um eine Reihe von fatalen Umständen darzulegen, die unsere Heldin zu dem wagemutigen Entschluß zwangen, sich auf einen Tanzabend eben jener feinen Gesellschaft zu begeben – eine Schwäche des Herzens, die zwar entschuldigt, aber kaum völlig gerechtfertigt werden kann.

Der Ball dauert an, die anfängliche Stimmung hat jedoch nachgelassen. Der frenetische Applaus, die allgemeine Bewunderung, die Isaura bei den Herren hervorgerufen hatte, ließen die schönen und geistreichen Damen vollends abkühlen. Verärgert über die enthusiastischen Huldigungen, die ihre einstigen Lieblingskavaliere so unverblümt derjenigen boten, die sie damit zur neuen Königin des Saales krönten, wollten sie nun nicht einmal mehr tanzen.

Unter den jungen Damen breitete sich ein Raunen der Unzufriedenheit aus. Es glich jenem dumpfen Grollen, das ein in der Ferne aufkommendes Unwetter ankündigt. Es schien, als ob sie allmählich errieten, daß diese Frau, die sie alle mit ihren

Reizen übertrumpfte, nichts anderes war als – eine Sklavin. Manch eine zog sich sogar zurück, vor allem diejenigen, die noch Hoffnungen gegenüber Álvaro gehegt oder ein Anrecht auf sein Herz zu haben gemeint hatten. Erdrückt von Isauras niederschmetterndem Sieg, des Auf-der-Lauer-Liegens überdrüssig, trafen sie eine weise Entscheidung und verbargen ihren Ärger und ihre Schmach über die gewaltige Niederlage in der Heimlichkeit ihres Alkovens.

Wir wollen jedoch feststellen, daß sich unter den vielen edlen Damen auch einige befanden, die ohne jedes Vorurteil und ohne den leisesten Anflug von Neid Isauras Schönheit bewunderten. Diese waren es auch, die der Abendgesellschaft noch ein wenig Glanz verliehen und sie vor dem gänzlichen Ermatten bewahrten. Genauso gewiß ist es jedoch, daß zumindest die Hälfte des schönen Geschlechts, ohne Unterschied des Standes, Opfer des Neides, der Eifersucht und kleinlicher Rivalitäten war.

Verlassen wir nun Isaura, die mit Álvaro eine Quadrille tanzt, und begeben wir uns in einen kleinen Salon, in dem sich Spieltische und mit Likörkaraffen, Bier- und Champagnerflaschen bestückte Anrichten befinden. Eine breite, halbgeöffnete Tür führt uns von dem Tanzsaal in diesen Raum, wo sich ein halbes Dutzend junger Männer, größtenteils Studenten, aufhalten. Sie gehören zu jener Sorte, die sich leichten Sinnes und exzentrisch wie Lord Byron wähnt. Sie behaupten gerne, sie würden niemals den Rauch einer Zigarre oder ein Glas Champagner gegen ein noch so liebreizendes Lächeln des allerschönsten Mädchens eintauschen. Sie sind die Enttäuschten, die unentwegt in Prosa oder Versen kundtun, daß ihr Herz schon in der Blüte ihres Lebens vom Wind des Skeptizismus ausgedörrt, vom Feuer ihrer Leidenschaften ausgebrannt oder von Sättigung und Überdruß zu Eis gefroren sei. Überspannte Misanthropen, die sich auf allen Bällen und Gesellschaften tummeln, wo sie ihre Abneigung gegen die Vergnü-

gungen der Menschheit und die Frivolitäten des Lebens lauthals kundtun. Unter ihnen befindet sich einer, dem wir ein wenig mehr Aufmerksamkeit widmen sollten, da er eine wichtige Rolle bei den hier berichteten Ereignissen spielen wird.
Sein ganzes Wesen strömt langweilige und vulgäre Nüchternheit aus. Er ist wesentlich älter als seine Kameraden, wahrscheinlich um ein knappes Dutzend Jahre. Sein Kopf ist groß, seine Züge sind grob. Die unverhältnismäßig weite Stirn ist mit riesigen Protuberanzen gespickt, nach Meinung Lavaters ein Zeichen für einen langsamen, fast beschränkten Geist. Das gesamte Gesicht mit seinen fast grotesken Zügen verrät niedrige Instinkte, starken Egoismus und einen gemeinen Charakter. Was seine Züge jedoch am meisten auszeichnet, ist ein gewisser Ausdruck von widerlicher Raubgier, die aus all seinen Worten und Handlungen atmet. Er ist Student, aber seine unordentliche Kleidung läßt ihn wie einen Hausierer erscheinen. Seit fünfzehn Jahren schon studiert er auf eigene Kosten; er lebt von den Erträgen einer Taverne, deren Teilhaber er ist. Martinho ist sein Name.
„Kinder", rief einer der Burschen, „laßt uns doch eine Partie Siebzehn und vier spielen, während die Maulaffen da drüben die Füße schleifen lassen und Bücklinge machen."
„Genau! Wenn wir schon nichts Besseres zu tun haben, spielen wir doch Karten. Übrigens, im Kartenspiel steckt das richtige Leben. Alfonso, Alberto, Martinho, kommt her; laßt uns Siebzehn und vier spielen, nur zwei oder drei Runden . . ."
„Ich würde die Einladung gerne annehmen", antwortete Martinho, „wenn ich nicht schon mit einem anderen Spiel beschäftigt wäre, bei dem ich nichts riskiere und von einem Augenblick auf den nächsten nicht weniger als blanke fünf Contos de réis einstecken kann."
„Von was für einem Spiel redest du denn da? Wirst du

niemals mit deinen Verrücktheiten aufhören? Laß den Blödsinn, und spiel mit."

„Wer so ein sicheres Spiel hat wie ich, der läßt sich doch nicht auf so ein Spiel wie Siebzehn und vier ein, das mich schon eine Menge Zaster gekostet hat. So blöd bin ich nicht!"

„Zum Teufel, Martinho! Willst du dich nicht erklären? Was für ein verdammtes Spiel ist das?"

„Ratet doch mal . . . ihr werdet es nie schaffen. Eine todsichere Karte! Wenn ihr es erratet, spendiere ich euch ein prächtiges Essen im besten Hotel der Stadt; wohlgemerkt, wenn ihr ins Schwarze trefft."

„Kein Zweifel, der Kerl ist vollkommen verrückt geworden. Mach schon, Martinho, deck dein Spiel auf oder verschwinde, und strapaziere nicht unsere Geduld mit deinen Hirngespinsten!"

„Ihr seid die Verrückten. Mein Spiel ist folgendes . . . Aber wieviel kriege ich von euch, wenn ich es aufdecke? Ich sage euch, es lohnt sich!"

„Du willst uns nur neugierig machen, um uns ein paar Zechinen abknöpfen zu können, stimmt's? Ich für mein Teil kann dir garantieren, daß du nichts kriegst. Zum Teufel mit dir und deinem Spiel, laß uns das unsere in Frieden machen. An die Karten, Freunde, lassen wir Martinho mit seinem Unsinn."

„Mit seinen Gaunereien, meinst du wohl – mich legt er nicht aufs Kreuz!"

„Ihr Dummköpfe! Grünschnäbel seid ihr! Ihr werdet schon sehen, ob es Unsinn oder Gaunerei ist. Ich zeige euch meine Karten, weil ich wissen will, ob ihr mit mir übereinstimmt oder nicht. Hier ist mein As", schloß er, indem er einen Zettel aus der Tasche zog, „es ist nichts weiter als eine Anzeige über einen entflohenen Sklaven."

„Ha, ha, ha! Nicht schlecht!"

„Was für ein Quatsch! Du bist verrückt, Martinho!"

„Und was soll die Fluchtanzeige?"
„Bist du etwa zum Gerichtsvollzieher oder Sklavenjäger ernannt worden?"
Dieses und anderes mehr riefen die umstehenden Jünglinge, und ihr Gelächter schallte mit dem Tanzorchester um die Wette.
„Ich weiß nicht, was euch daran so amüsiert", erwiderte frech Martinho. „Mich wundert, daß ihr diese große Anzeige in der Beilage aus Rio de Janeiro noch nicht gesehen habt; sie ist mit dem Jornal do Comércio in der ganzen Stadt verteilt worden."
„Sind wir etwa Schergen oder Gerichtsdiener, daß wir uns mit solchen Anzeigen abgeben?"
„Die Anzeige ist aber höchst interessant, und die Belohnung ist auch nicht zu verachten."
„Armer Martinho! Da sieht man, welche Macht die Gier nach Gold über dich hat. Jetzt suchst du schon entflohene Sklaven in einem Tanzsaal! Glaubst du wirklich, solche Leute könnte man hier finden?"
„Olé . . . wer weiß? Ich habe meine Gründe, anzunehmen, daß ich sie tatsächlich hier finden werde, ebenso wie die fünf Contos, die mir – unter uns gesagt – gerade gelegen kommen. Der Laden meines Sozius läuft in letzter Zeit nicht besonders gut."
Nach diesen Worten stellte er sich an die Tür zum Tanzsaal und blickte lange Zeit abwechselnd auf die Tanzenden und auf die Anzeige, die er in der Hand hielt, wie einer, der Zeichen überprüft und vergleicht.
„Was zum Teufel tut Martinho da?" rief einer der jungen Männer, die Martinhos Gebärdenspiel für Spaßmacherei hielten und darüber das Kartenspiel vergessen hatten.
„Er ist übergeschnappt, kein Zweifel", bemerkte ein anderer. „Einen entflohenen Sklaven auf einem Ball zu suchen! Das hat ja noch gefehlt! Wäre er auf der Suche nach einer Prinzessin, ginge er sicher auf den Sklavenmarkt."

„Vielleicht ist es irgendein Page oder eine Zofe, die ihre Herrschaft hierher begleitet hat."
„Soviel ich weiß, tanzen Pagen oder Zofen nicht mit, und er läßt seine Augen nicht von den Tanzenden."
„Lassen wir ihn; er ist nicht nur ein gemeiner Schieber, er war schon immer ein Irrer erster Güte."
„Sie ist es!" sagte Martinho, wobei er seinen Platz an der Tür verließ und sich seinen Kameraden zuwandte. „Sie ist es, ich habe nicht mehr den geringsten Zweifel, sie ist es, und ich habe sie."
„Wen denn, Martinho?"
„Na! Wer sollte es schon sein?"
„Die entflohene Sklavin?"
„Die entflohene Sklavin, jawohl, meine Herrschaften! Und sie tanzt dort drüben."
„Ha, ha, ha! Auch das noch, Martinho! Wie lange willst du dieses Spiel noch treiben? Das Ende wird sicher sehr spannend. Das ist unbezahlbar und mehr wert als alle Bälle dieser Welt. Wenn man jetzt immer so was geboten bekommt, verpasse ich keinen einzigen mehr!" riefen die jungen Männer inmitten tosenden Gelächters.
„Ihr macht euch über mich lustig? Paßt gut auf, dieses Spiel riecht ziemlich nach Tragödie!"
„Das wird ja immer besser! Weiter, Martinho!"
„Ihr glaubt mir nicht? Also, hört gut zu, dann werdet ihr mir sagen, wie ihr das Spiel findet!"
Bei diesen Worten setzte sich Martinho auf einen Stuhl, faltete die Anzeige auf und schickte sich an, sie vorzulesen. Die anderen gruppierten sich neugierig um ihn.
„Hört gut zu", fuhr Martinho fort. „Fünf Contos! Dies ist die pompöse Überschrift, die in fetten Lettern über diesem unsterblichen Werk prangt, das mehr wert ist als Camões' Ilias . . ."
„Und als Homers Lusíadas, nicht wahr, Martinho? Laß diese eselhaften Vorreden sein und komm zur Anzeige."

„Die werdet ihr alle gleich hören", sagte Martinho und fuhr in seiner Lektüre fort:
„Vom Gut des Herrn Leôncio Gomes da Fonseca, in der Gemeinde Campos, Provinz Rio de Janeiro, ist eine Sklavin namens Isaura entflohen, deren Kennzeichen folgende sind: helle Hautfarbe und feiner Teint, wie bei einer Weißen; große, schwarze Augen; Haare ebenfalls schwarz, lang und leicht gewellt; kleiner, rosiger und wohlgeformter Mund; weißes, ebenmäßiges Gebiß; ausgeprägte, gut geschnittene Nase; schlanke Taille, zierliche Figur, mittelgroß; auf der linken Wange hat sie ein kleines schwarzes Mal und oberhalb der rechten Brust eine Brandnarbe in Form eines Schmetterlingsflügels. Sie kleidet sich geschmackvoll und elegant und ist vollkommen in Gesang und Klavierspiel. Da sie eine erstklassige Erziehung genossen hat und über gute Umgangsformen verfügt, kann sie sich überall als eine freie Frau aus guten Kreisen ausgeben. Sie ist in Begleitung eines Portugiesen namens Miguel entflohen, der sich als ihr Vater ausgibt. Es wird für selbstverständlich angenommen, daß sie ihre Namen geändert haben. Wer sie festnimmt und ihrem Herrn zurückbringt, erhält neben allen Unkosten eine Belohnung von fünf Contos de réis."
„Ist das wahr, Martinho?" rief einer der Zuhörer. „Steht auf diesem Papier wirklich das, was ich soeben gehört habe? Du hast uns eine Venus beschrieben und willst uns einreden, daß es sich um eine entflohene Sklavin handelt?"
„Wenn ihr es immer noch nicht glauben wollt, dann lest es selbst. Hier ist der Zettel."
„In der Tat!" fügte ein anderer hinzu. „Es lohnt sich, eine solche Sklavin festzunehmen, mehr um ihrer selbst als um des Geldes willen. Wenn ich sie erwischte, hätte ich gar keine Lust, sie ihrem Herrn auszuhändigen."
„Jetzt wundert es mich nicht mehr, daß Martinho sie ausgerechnet hier sucht. Ein derart vollkommenes Wesen kann man nur in den Palästen der Fürsten finden."

„Oder im Reich der Feen. Aber soweit ich sehe, kann es sich nur um diese neue ‚Gottheit' handeln, die heute erschienen ist . . ."

„Genau die ist es, du hast ins Schwarze getroffen", fiel Martinho ein. Er rief sie alle an die Tür: „Kommt mal her", fuhr er fort, „und seht euch dieses hübsche Mädchen an, das mit Álvaro tanzt. Armer Álvaro, wie eingenommen er von sich ist! Wenn er wüßte, mit wem er da tanzt, er würde vor Scham im Boden versinken wollen! Seht genau hin, meine Herren, und sagt mir, ob die Zeichen nicht vollkommen übereinstimmen?"

„Vollkommen!" entgegnete einer der Burschen. „Unglaublich! Ich sehe das kleine Mal auf der linken Wange; wie zauberhaft es sie macht! Wenn sie noch diesen Schmetterlingsflügel über der Brust haben sollte, dann kann es keinen Zweifel mehr geben. Himmel! Wie ist es möglich, daß so ein bildhübsches Mädchen eine Sklavin ist!"

„Und daß sie die Unverfrorenheit hat, auf einen solchen Ball zu kommen!" meinte ein anderer. „Ich kann es noch nicht fassen."

„Für mich ist es eine ausgemachte Sache, genau wie die fünf Contos, die mir schon in der Tasche zu klimpern scheinen. Auf bald, meine Lieben!"

Er faltete die Anzeige sorgfältig zusammen, steckte sie in die Tasche, nahm seinen Hut und entfernte sich, während er sich die Hände in zynischer Vorfreude rieb.

„So ein gemeiner Schuft!" sagte einer seiner Kameraden. „Wie gierig dieser Martinho ist! Ich sehe schon, er ist imstande, dieses Mädchen noch hier auf diesem Ball festnehmen zu lassen."

„Für fünf Contos ist der zu jeder Gemeinheit imstande. Er ist eine Schande für die ganze Studentenschaft. Wir müssen alle zusammen dafür sorgen, daß er aus der Akademie gefeuert wird. Ich würde fünf Contos dafür geben, um Sklave dieser seltenen Schönheit sein zu dürfen."

„Es ist verblüffend! Wer würde es wagen zu behaupten, daß sich unter dieser Engelsgestalt eine flüchtige Sklavin verbirgt?"
„Aber wer sagt uns denn, daß in der Gestalt dieser Sklavin nicht die Seele eines Engels wohnt?"

14. KAPITEL

Die Quadrille war zu Ende gegangen. Stolz und voller Jubel führte Álvaro seine schöne Tänzerin durch die Menge, durch ein Spalier neidischer und bewundernder Blicke, die sich zuweilen an ihnen vorbei kreuzten. Unter dem Vorwand, ihr eine Erfrischung anbieten zu wollen, brachte Álvaro Elvira allmählich zu einem kleinen Salon an der Rückseite des Gebäudes, wo sich fast niemand aufhielt. Bis dahin hatte er ihr keine eindeutige Liebeserklärung gemacht, obwohl sich seine Liebe jeden Augenblick in seinen Augen, seinen Worten, in jeder seiner Bewegungen immer leidenschaftlicher offenbarte. Álvaro glaubte das Herz seiner Angebeteten schon vollständig zu kennen. In den zwei Monaten, die er sie nun studierte, hatte er ständig neue Reize und Schönheiten an ihr entdeckt. Er war zutiefst davon überzeugt, daß Elvira unter all den Frauen, die er bis dahin kennengelernt hatte, seiner Liebe am würdigsten war. Er hegte keinen Zweifel mehr an der Reinheit ihrer Seele und an der Aufrichtigkeit ihrer Zuneigung. Er war sich sicher, daß er ohne jegliche Angst sein Herz dieser gewaltigen Leidenschaft überlassen könnte, die er kaum noch beherrschen konnte. Nie machte er sich die geringsten Gedanken über Elviras Herkunft. Klassenunterschiede waren seinen Prinzipien ohnedies höchst zuwider. Es war ihm gleichgültig, ob sie eine Prinzessin war, die das Schicksal zur ständigen Flucht zwang, oder ob ihre Wiege in der Hütte eines armen Fischers stand. Er kannte sie, wie sie war, und wußte, daß sie eines der vollkommensten und anbetungswürdigsten Wesen auf der Welt war. Das genügte ihm.

Wie wir bereits wissen, wäre Álvaro unfähig gewesen, die Liebe, die er der schönen Unbekannten eingeflößt hatte, zu mißbrauchen oder mit dem Gedanken an eine Verführung auch nur zu spielen.

Kaum hatte er einen Platz gefunden, wo keiner außer Elvira ihn hören konnte, sagte er mit ernster und bewegter Stimme: „Dona Elvira, wenn Sie in Ihrem Hause schon ein Engel sind, in einem Ballsaal sind Sie eine Göttin. Mein Herz gehört Ihnen schon seit langem, und ich fühle, daß mein Schicksal von heute an nur mehr von Ihnen abhängt. Sie werden stets der Stern sein, der mich auf allen Wegen begleitet, ob günstig oder ungünstig. Ich meine, daß Sie mich gut genug kennen, um an die Aufrichtigkeit meiner Worte zu glauben. Ich besitze ein beträchtliches Vermögen; ich bin ein angesehenes und geachtetes Mitglied der Gesellschaft. Ich könnte jedoch niemals glücklich werden, wenn Sie es ablehnten, das mit mir zu teilen, womit mich Fortuna so reichlich gesegnet hat."

Unter anderen Umständen hätten Álvaros von aufrichtiger und tief empfundener Liebe durchdrungenen Worte Isaura mit Glückseligkeit erfüllt. Jetzt kamen sie ihr vor wie der Hohn des Schicksals, wie himmlische Töne, die sie in den Foltern der Hölle vernahm. Auf der einen Seite sah sie einen Engel, der sie sanft lächelnd bei der Hand nahm und sich bemühte, sie in ein Paradies zu führen, während auf der anderen Seite ein Teufel eine schwere Kette um ihren Fuß legte und sie mit voller Kraft in einen Abgrund ewiger Leiden hinabzerrte.

Voller Angst und Schrecken hatte Isaura schon während der Tanzpause Martinho beobachtet, wie er mit einem Zettel in der Hand an der Tür lehnte und sie mit großer Aufmerksamkeit beäugte. Es wirkte auf sie wie ein Blitzschlag. Sie zweifelte nicht länger daran, daß sie entdeckt worden und für immer verloren war. Ein plötzlicher Schwindelanfall trübte ihr den Blick, der Boden schien unter ihren Füßen nachzugeben, ein unendlicher Abgrund wollte sie verschlingen. Sie mußte sich mit beiden Händen an Álvaro klammern, um nicht zu fallen.

„Was haben Sie?" fragte dieser erschrocken. „Fühlen Sie sich unwohl?"

„Ein klein wenig", antwortete Elvira mit matter, keuchender Stimme. „Es war ein stechender Schmerz, ein Stich hier an der Seite . . . Das geht schon vorüber . . . Ich bin solche Enge nicht gewohnt . . . Das Herumwirbeln beim Tanz ist mir nicht bekommen."

„Sie werden sich aber bald daran gewöhnen", erwiderte Álvaro, „Sie sind dazu geboren, in den Tanzsälen zu glänzen. Wenn Sie jedoch gehen möchten . . ."

„Nein, das ist nicht nötig. Lassen Sie uns weitertanzen, es ist ja gleich zu Ende."

Álvaro ließ sich von diesen Ausflüchten beruhigen. Der letzte, schnelle Abschnitt der Quadrille ließ ihn Elviras außerordentliche Blässe und Verstörtheit übersehen. Die Unglückliche tanzte schon nicht mehr, sie schleppte sich durch den Saal, ihre Gedanken waren nicht mehr beim Tanz. Sie sah nichts anderes mehr als die Gestalt Martinhos, die gleich einer drohenden Sphinx an der Tür lehnte. Immer wieder warf sie ihm Blicke voller Angst und Entsetzen zu, das Blut floß ihr zurück ins Herz, das zitterte wie das einer Taube, die spürt, wie sich die Krallen des Sperbers um ihren Hals schließen.

Dies alles hatte Isaura derart verschreckt und verwirrt, daß ihr keine Antwort auf die leidenschaftliche Liebeserklärung Álvaros einfiel. Da sie einige Augenblicke lang schwieg, hielt er dies für ein Zeichen der Schüchternheit.

„Möchten Sie mir nicht antworten?" fuhr er mit sanfter Stimme fort. „Ein Wort genügt . . ."

„Ach, mein Herr", murmelte sie mit einem Seufzer, „was kann ich denn schon auf die süßen Worte erwidern, die ich soeben aus Ihrem Munde gehört habe? Sie entzücken mich, aber . . ." Elvira unterbrach sich unvermittelt. Álvaro spürte, wie sie plötzlich erbebte, und blickte sie überrascht und beunruhigt an.

„Er ist es!" flüsterte sie so heiser, daß es wie ein Stöhnen klang. Sie hatte soeben Martinho erblickt, der in den Tanzsaal trat. Ein tödliches Schaudern durchfuhr sie.

„Entschuldigen Sie mich, mein Herr", fuhr sie fort, „ich fühle mich nicht wohl, ich muß gehen. Wenn Sie so freundlich wären und mich zu meinem Vater führten . . ."

„Selbstverständlich, Dona Elvira. Wie blaß Sie sind! Es geht Ihnen sehr schlecht, nicht wahr? Soll ich Sie begleiten? Oder einen Arzt rufen? Es sind welche hier . . ."

„Danke, Herr Álvaro, beunruhigen Sie sich bitte nicht. Es ist nur ein vorübergehendes Unwohlsein, Müdigkeit vielleicht. Sobald ich zu Hause bin, wird es vergehen."

„Sie wollen also gehen, ohne mir ein einziges Wort des Trostes oder der Hoffnung zu hinterlassen?"

„Des Trostes vielleicht, aber der Hoffnung . . ."

„Warum nicht?"

„Wenn ich selbst keine haben darf . . ."

„Sie lieben mich also nicht?"

„Ich liebe Sie sehr."

„Dann werden Sie also mein sein."

„Das ist unmöglich."

„Unmöglich? Was könnte uns daran hindern?"

„Ich darf es Ihnen nicht sagen, mein Herr. Es ist mein Unglück."

Ihre vertrauliche Unterhaltung wurde im spannungsvollsten Moment von Martinho jäh unterbrochen. Er stellte sich ihnen

in den Weg und verneigte sich tief. Álvaro krauste verärgert die Stirn. Er war nahe daran, den Störenfried wie einen Hund davonzujagen. Elvira stand wie versteinert.
„Herr Álvaro", sagte Martinho ehrerbietig, „wenn Sie gestatten, möchte ich zwei Worte mit dieser Dame sprechen, die Sie am Arm führen."
„Mit dieser Dame!" rief Álvaro verwundert aus. „Was haben Sie mit dieser Dame zu besprechen?"
„Es handelt sich um eine Angelegenheit von äußerster Wichtigkeit. Das weiß sie besser als Sie und ich."
Álvaro kannte Martinho sehr gut und wußte, wie niederträchtig und verabscheuungswürdig dieser war. Er glaubte daher, es handle sich um Machenschaften eines neidischen Rivalen, der ihn beleidigen oder der Lächerlichkeit preisgeben wollte, und fühlte Wut in sich hochsteigen. Er beherrschte sich jedoch einen Augenblick und fragte Elvira:
„Haben Sie irgend etwas mit diesem Mann zu besprechen?"
„Ich? Mit Sicherheit nicht, ich kenne ihn nicht einmal", stammelte das Mädchen.
„Aber mein Gott! Dona Elvira, warum zittern Sie so? Wie blaß Sie sind! Verfluchter Störenfried, der Sie so aufregt! Um Himmels willen, Dona Elvira, erschrecken Sie nicht so. Ich bin hier an Ihrer Seite, und wehe dem, der es wagt, uns zu beleidigen!"
„Niemand will Sie beleidigen, Herr Álvaro", erwiderte Martinho, „die Sache ist jedoch ernster, als Sie glauben."
„Nun denn, Herr Martinho! Was wünschen Sie von dieser Dame?"
„Es wäre besser, wenn Sie es nicht erführen!"
„Ach, ein Geheimnis! In diesem Falle erkläre ich Ihnen, daß ich diese Dame keinen Augenblick allein lassen werde, und wenn Sie nicht sagen wollen, was Sie wünschen, können Sie gehen."
„Das fällt mir nicht ein, ich werde doch nicht meine Zeit

und Mühe verschwenden, und meine fünf Contos auch nicht."
Letzteres murmelte Martinho hinter geschlossenen Zähnen.
„Herr Martinho, mißbrauchen Sie bitte nicht länger meine Geduld. Wenn Sie nicht sagen wollen, was Sie wünschen, dann gehen Sie mir sofort aus den Augen!"
„Ach, mein Herr", erwiderte Martinho ungerührt, „wenn Sie mich schon dazu zwingen, dann ist es mir ein leichtes, Ihren Wunsch zu erfüllen. Ich bedaure, Ihnen mitteilen zu müssen, daß die Dame an Ihrem Arm eine entflohene Sklavin ist."
Obwohl Álvaro Martinhos gemeinen und schamlosen Charakter kannte, war er für einen Augenblick sprachlos über die plötzliche und unerwartete Enthüllung. Doch die Tatsache, daß Martinho schon oft die Rolle des Hofnarren gespielt und als Werkzeug für Racheakte und schäbige Leidenschaften anderer gedient hatte, bekräftigte Álvaros Mißtrauen und erfüllte ihn schließlich mit Ekel und Verärgerung über dessen unwürdiges Verhalten.
„Herr Martinho", schrie er mit erregter Stimme, „wenn Sie bezahlt worden sind, um mich und diese Dame hier zu verspotten, dann sagen Sie mir, was Sie dafür bekommen. Ich gebe Ihnen das Doppelte, damit Sie uns in Frieden lassen."
Doch dieser Affront bewirkte nicht die geringste Veränderung auf Martinhos schamlosem Gesicht; er erwiderte lediglich:
„Ich wiederhole, und zwar ganz laut, damit es alle hören können: Diese Dame hier ist eine entflohene Sklavin, und ich habe den Auftrag, sie festzunehmen und ihrem Herrn zu übergeben."
Isaura hatte in der Zwischenzeit ihren Vater erblickt, der sie ebenfalls überall suchte. Sie ließ Álvaros Arm los, lief Miguel entgegen und verbarg das Gesicht an seiner Schulter.
„Was für eine Schmach, mein Vater!" stieß sie weinend hervor. „Ich habe es geahnt!"
„Dieser Mann ist entweder unverschämt, verrückt oder besof-

fen!“ schrie Álvaro bleich vor Wut. „In jedem Fall ist er dieser Gesellschaft unwürdig und muß hier weggejagt werden.“
Einige Freunde Álvaros hatten Martinho bereits am Arm gepackt und schickten sich an, ihn wie einen Betrunkenen oder Irren zur Tür hinauszuwerfen.
„Langsam, Freunde, nur langsam!“ sagte dieser mit aller Seelenruhe. „Verurteilen Sie mich nicht, ohne mich vorher angehört zu haben. Hören Sie zuerst, was auf dieser Anzeige steht. Wenn das, was ich sage, nicht stimmen sollte, dann dürft Ihr mir ins Gesicht spucken und mich zum Fenster hinauswerfen.“
In der Zwischenzeit hatte dieser Wortwechsel allgemeine Aufmerksamkeit erregt; mehrere Gruppen versammelten sich um die Streitenden. Der verhängnisvolle Satz „Diese Dame ist eine Sklavin!“, von Martinho laut ausgerufen, hatte mit unglaublicher Schnelligkeit die Runde durch alle Räume und Winkel des weitläufigen Gebäudes gemacht. Es war jetzt erfüllt von einem allgemeinen Geflüster. Damen und Herren, alle, die sich darin befanden, stürzten hastig in den Raum, wo sich der einzigartige Zwischenfall ereignet hatte. Der kleine Salon quoll buchstäblich vor lauter Menschen über, die ihre Ohren spitzten und ihre Hälse reckten, um möglichst viel von dem, was da vor sich ging, mithören zu können.
Vor dieser schweigenden, regungslosen, verblüfften und lechzenden Menge zog Martinho seelenruhig die uns bekannte Anzeige aus der Tasche, entfaltete sie und las sie laut und deutlich von Anfang bis Ende vor.
„Wie man sieht“, fuhr er nach beendeter Lektüre fort, „stimmen alle Zeichen überein, und nur ein Blinder würde nicht in dieser Dame dort die Sklavin dieser Anzeige erkennen. Um jedoch auch den letzten Zweifel zu beseitigen, müssen wir nur noch überprüfen, ob sie ein Brandmal oberhalb der Brust hat.“
Bei diesen Worten schritt Martinho mit flinker Dreistigkeit auf Isaura zu.

„Halt, Sie Henkersknecht!“ Álvaro packte Martinho am Arm und schleuderte ihn von Isaura weg. Martinho wäre zu Boden gestürzt, wäre er nicht gegen die Menge geprallt, die sich immer enger um sie schloß. „Halt! Was soll diese Unverschämtheit? Sklavin oder nicht, mit deinen dreckigen Händen wirst du sie nicht anfassen!“

Gezeichnet von Scham und Schmerz, hob Isaura das Gesicht, das sie bis dahin an der Brust ihres Vaters verborgen hatte, und wandte sich an die Umstehenden: „Es ist nicht nötig, daß Sie mich anfassen“, rief sie mit ängstlicher Stimme. „Meine Damen und Herren, ich bitte Sie um Vergebung. Was ich getan habe, ist unverzeihlich, ich habe Sie aufs schlimmste beleidigt. Aber Gott ist Zeuge, daß mich ein grausames Schicksal dazu gezwungen hat. Meine Herrschaften, was dieser Mann sagt, ist wahr. Ich bin . . . eine Sklavin.“

Eine Sklavin! Diese Worte schwangen noch lange durch die weitläufigen Säle wie das unheilvolle Brausen von Windstößen im Dickicht düsterer Wälder.

Dieser Zwischenfall hatte auf die Abendgesellschaft eine Wirkung wie die Explosion eines Pulvermagazins auf ein Soldatenlager: Zunächst rief er Schrecken, dann ungläubiges Erstaunen hervor, danach folgten Aufregung, Alarm, fieberhaftes Tun und Lärm.

Álvaro und Miguel trugen die leblose Isaura in das Boudoir, wo sie ihr mit Unterstützung einiger teilnahmsvoller Damen die nötige Hilfe leisteten. Dann blieben sie bei ihr, bis sie wieder gänzlich zu sich gekommen war. Martinho folgte ihnen auf dem Fuße und beobachtete sie unruhig und gekränkt; er befürchtete, man könne ihm seine Beute rauben.

Es ist kaum möglich, die Erregung der Gemüter zu beschreiben, die verschiedenen und gegensätzlichen Meinungen, welche diese unerwartete Enthüllung unter den Anwesenden hervorrief. Wie reagierten wohl all die hervorragenden Schönheiten, all die Damen aus den feinsten Gesellschaftskreisen, als sie erfuhren, daß ausgerechnet diejenige, die sie alle an Anmut, Talent und Geist übertrumpft hatte, nichts weiter als eine Sklavin war? Ich habe keine Ahnung; der Leser muß sich selbst ein Bild davon machen. Ich bin mir jedoch gewiß, daß sich bei vielen von ihnen die soeben erlittene Schmach mit tiefer Befriedigung vermengte, besonders bei jenen, die verärgert waren über die Huldigungen, die gewisse Herren der schönen Unbekannten so unverhohlen dargebracht hatten. Sie fühlten sich jetzt gedemütigt, aber auch gerächt. Diejenigen, die sich Hoffnungen auf Álvaros Liebe machten – und es waren derer einige –, jubelten innerlich vor Freude, als sie von dem Vorfall hörten. Der edle junge Mann wurde bald zum Ziel gnadenloser Spötteleien.

„Was sagt man denn zum Sklaven der Sklavin?" sagten sie.

„Wie mag der arme Mann nur dreingeschaut haben?"

„So wie immer. Gewiß wird er sie freikaufen und heiraten. Der ist ja verrückt und zu jedem Unsinn fähig."

„Damit fährt er nicht schlecht. Er hat dann gleichzeitig eine Frau und vielleicht eine gute Köchin."

Welch schwacher Trost! Das Brandmal der Gefangenschaft ließ ihre Überlegenheit, die ihr von göttlicher Hand unauslöschlich auf der schönen Stirn geschrieben worden war, in noch grellerem Licht erscheinen.

Unter den jungen Männern war die Stimmung umgeschlagen. Nur wenige von ihnen verspürten keinerlei Anteilnahme oder Mitleid für das Schicksal der unglückseligen Sklavin. Der Zwischenfall wurde in allen Ecken erregt diskutiert. Einige zweifelten noch an der offensichtlichen Wahrheit, trotz der eindeutigen Beweise.

„Nein, diese Frau kann keine Sklavin sein", sagten sie. Es muß irgendein Geheimnis dahinterstecken, das sich eines Tages aufklären wird."

„Welches Geheimnis? Es ist doch durchaus möglich, und sie hat es selbst zugegeben. Wer mag aber dieser rohe und

seelenlose Gutsbesitzer sein, der ein so wunderschönes Wesen gefangenhält?"
„Irgendein Grobian mit einer gemeinen und schmutzigen Seele."
„Wie dem auch sei, dieser Rohling muß gezwungen werden, ihr die Freiheit zu geben. Es ist infam, eine Frau, die auf einem Thron sitzen sollte, in einer Sklavenhütte zu halten!"
„Nur Martinho, mit seiner satanischen Geldgier, hätte in diesem Engel eine Sklavin wittern können! So eine Unverfrorenheit! Wäre er jetzt hier, ich würde ihn erwürgen!"
In der Zwischenzeit verlangte Martinho, der sich vorsorglich mit einem Haftbefehl ausgestattet hatte und sich von einem Gerichtsvollzieher begleiten ließ, nachdrücklich die Auslieferung Isauras. Álvaro machte jedoch sein Ansehen und seinen Einfluß geltend und widersetzte sich entschieden dieser Forderung. Indem er die Umstehenden zu seinen Zeugen machte, ernannte er sich selbst zum Bürgen Isauras mit der Verpflichtung, sie ihrem Eigentümer oder einer von ihm ernannten Person auszuhändigen. Martinhos Beharren war vergeblich; die Menge verhöhnte und beschimpfte ihn, so daß er gezwungen war, zu schweigen und sein Vorhaben aufzugeben.
„Verfluchte Leute! Ihr wollt mich berauben!" schrie er wie besessen. „Meine fünf Contos! Ach, meine fünf Contos! Sie schwimmen mir davon!"
Mit diesen Worten lief er zur Treppe, stürzte sie mit großen Schritten hinab und verließ tobend das Haus.

15. KAPITEL

Seit den soeben berichteten Ereignissen war ungefähr ein Monat vergangen. Dank Álvaros beherztem Eingreifen wohnten Isaura und Miguel weiterhin in der kleinen Villa im Viertel Santo Antônio. Da der Gedanke an Flucht oder Verbergen unmöglich geworden war, folgten sie dem Rat ihres Beschützers und warteten dort auf das Ergebnis der Schritte, die dieser ihnen zu unternehmen versprochen hatte. Die Angst schwebte jedoch über ihnen wie ein Damoklesschwert. Álvaro besuchte sie fast täglich, verbrachte viele Stunden damit, ihnen Trost und Hoffnung auf eine bessere Zukunft zu spenden.

Um zu erfahren, was seit jener verhängnisvollen Nacht geschehen ist, hören wir uns jetzt eine Unterhaltung zwischen Álvaro und Dr. Geraldo an, die in Isauras Haus stattfindet. Letzterer hatte noch an dem Morgen nach der Ballnacht Recife verlassen, um sich in einem kleinen Ort im Landesinneren eines wichtigen Prozesses anzunehmen. Als er nach einem Monat in die Landeshauptstadt zurückkehrte, machte er sich sogleich daran, Álvaro aufzusuchen. Nicht nur die Freundschaft trieb ihn dazu, sondern auch die Neugierde über das Ende seines merkwürdigen Abenteuers auf dem Ball. Nachdem er ihn erfolglos zwei- oder dreimal zu Hause gesucht hatte, vermutete er, daß er Álvaro am ehesten bei Isaura vorfinden würde, falls sie noch dasselbe Haus in Recife bewohnen sollte. Dort fand er ihn auch.

Álvaro erkannte die Stimme seines Freundes, als dieser am Gartentor nach ihm fragte. Er ging ihm entgegen, nicht ohne davor den Hausherren versichert zu haben, daß es sich um einen engen Freund handle, und bat sie um Erlaubnis, Dr. Geraldo einlassen zu dürfen.

Nachdem Miguel und Isaura den Besucher begrüßt hatten

und einige höfliche Worte gewechselt worden waren, zogen sich beide diskret zurück, in der Annahme, Dr. Geraldo wolle sich alleine mit Álvaro unterhalten.
Sofort begann Álvaro über seine Gefühle zu sprechen. „Dieses ungewöhnliche Ereignis hat einen seltsamen, allerschmerzlichsten Eindruck in meiner Seele hinterlassen. Ich will jedoch offen zugeben, daß es meine Sehnsucht nach dieser Frau nur für einen kurzen Augenblick veränderte."
„Ist das wahr? Treibt dich deine Exzentrizität so weit?"
„Was soll ich tun? Die Natur hat mich so geschaffen. Für einen Augenblick hat mich die Scham, ja sogar eine Art Wut geblendet. Fast genüßlich habe ich ihr zugesehen in ihrer Not. Was für eine traurige, schmerzliche Enttäuschung! Ich sah, wie das prächtige Schloß, das ich so liebevoll in meiner Vorstellung erbaut hatte, jäh zusammenstürzte und sich in Schutt verwandelte. Eine Sklavin hatte mich so lange getäuscht, mich am Ende genarrt und vor der Gesellschaft der Erniedrigung und dem Spott preisgegeben! Stell dir vor, wie verwirrt und verlegen ich mich vor diesen illustren Damen gefühlt habe, die ich gezwungen hatte, auf einem herrschaftlichen Ball Seite an Seite mit einer Sklavin zu tanzen!"
„Und noch dazu", ergänzte Geraldo, „eine Sklavin, deren Schönheit und Talente sie alle in den Schatten stellte! Du hättest ihnen keine größere Schmach antun können. Das ist ein Verbrechen, das die dir niemals verzeihen werden, obwohl sie wissen, daß auch du getäuscht wurdest."
„Nun denn, Geraldo, damals wußte ich vor Schande und Verlegenheit nicht, wo ich mich verstecken sollte. Heute lache ich darüber und applaudiere mich selbst, weil ich ein solches Ereignis herbeigeführt habe. Es ist, als ob Gott diese interessante Szene selbst vorbereitet hätte, nur um auf spektakuläre Weise zu demonstrieren, wie eitel und lächerlich jeder Unterschied ist, der nur auf Geburt und Reichtum beruht. Es ist, als ob er die stolzen und selbstzufriedenen Großen in Grund und

Boden beschämen und die von Geburt Armen erheben und preisen wollte; denn er zeigte, daß eine Sklavin mehr wert sein kann als eine Fürstin. Der erste unangenehme Eindruck hielt aber nur ganz kurz. Sehr schnell ließen Mitleid, Neugier und die Anteilnahme, die solch ein Unglück in uns erweckt – und vielleicht auch die Liebe, die dieser aufsehenerregende Skandal niemals aus meinem Herzen würde löschen können –, mich alles vergessen. Ich beschloß, die schöne Gefangene offen und um jeden Preis zu beschützen. Sobald sie aus ihrer Ohnmacht aufgewacht war und ich sie außer Gefahr sah, lief ich zum Haus des Polizeichefs und erläuterte ihm den Fall. Dank der freundschaftlichen Beziehungen, die uns verbinden, erhielt ich die Erlaubnis, daß sich Isaura und ihr Vater – denn es handelt sich tatsächlich um ihren Vater – in Freiheit nach Hause begeben konnten, und verbürgte mich dafür, daß sie nicht verschwänden. Martinho tobte, weil er um nichts auf der Welt seine Beute loslassen wollte. Dennoch ließ derselbe Polizeichef am Morgen darauf Isaura rufen, um sie zu vernehmen und ihre Identität zu überprüfen. Ihre Anmut und Würde erfüllten den Polizeichef mit Bewunderung, so daß er sie mit großer Freundlichkeit behandelte und sie mit Milde und Höflichkeit befragte. Rot vor Scham und mit der Naivität einer unverdorbenen Seele gestand sie ihm alles. Sie sei in Begleitung ihres Vaters geflohen, um der Leidenschaft eines grausamen Herren zu entkommen, der sie durch Gewalt und Folter zwingen wollte, ihm zu Willen zu sein. Ihr blieb in dieser bedrängten Lage nichts anderes übrig, als zu fliehen.

„Wenn dies der wahre Grund für ihre Flucht sein sollte, Álvaro, dann gereicht er ihr nur zur Ehre und macht sie zu einer Heldin. Aber letzten Endes ist und bleibt sie eine geflohene Sklavin.“

„Um so mehr verdient sie unsere Anteilnahme und unser Mitleid. Isaura hat mir nach und nach ihr ganzes Leben erzählt, und ich glaube, daß sie einen Anspruch auf ihre Freiheit geltend machen und diesen sogar beweisen kann. Sie wurde von ihrer alten Herrin, der Mutter ihres jetzigen Eigentümers, liebevoll großgezogen. Ihr verdankt sie auch die erstklassige Erziehung. Besagte Dame hat mehrfach in Gegenwart von Zeugen erklärt, daß Isaura mit ihrem Tode frei sein würde. Nur weil diese Frau so plötzlich und unvermittelt starb, ohne ein Testament hinterlassen zu haben, befindet sich Isaura noch in den Klauen ihres niederträchtigen Besitzers."

„Und was hast du jetzt vor?"

„Ich möchte beantragen, daß Isaura weiterhin in Freiheit bleibt und einen Beistand erhält, der sich ihrer Rechte annimmt."

„Und wo gedenkst du die Beweise und Unterlagen für deine Behauptungen zu finden?"

„Ich weiß es nicht, Geraldo; deshalb wollte ich dich um Rat bitten. Ich möchte, daß du mir mit deinen juristischen Kenntnissen Auskunft gibst und mich unterstützt. Sofort am Tag nach dem Ball habe ich Isauras Herrn einen sehr einschmeichelnden Brief geschrieben. Darin habe ich ihn aufgefordert, mir einen Preis für Isauras Freiheit zu nennen. Das machte die Sache nur noch schlimmer, denn dieser eifersüchtige Pascha wurde wütend und schickte mir einen unverschämten Brief. Darin nennt er mich einen Verführer und Gastgeber durchgebrannter Sklavinnen und versichert mir, er werde sich aller legaler Mittel bedienen, um seine Sklavin zurückzubekommen."

„Ziemlich kindisch und ungehobelt, dieser kleine Sultan", sagte Geraldo, nachdem er den Brief überflogen hatte, „wenn man jedoch vom unverschämten Ton absieht . . ."

„Für den er sich bei mir noch gebührend entschuldigen wird, das versichere ich dir."

„. . . wenn man jedoch vom unverschämten Ton absieht,

muß man sagen, daß er, wenn du kein rechtskräftiges Argument zugunsten der Freiheit deiner Sklavin vorbringen kannst, das unbestreitbare Recht hat, sie wo auch immer zurückzufordern und wegzuholen."

„Ein gemeines und grausames Recht ist das, Geraldo. Es ist schon ein Hohn, wenn man eine derart barbarische Einrichtung wie die Sklaverei Recht nennt. Daß jedoch die Gesellschaft duldet, daß ein Tyrann aus schändlichen Beweggründen eine wehrlose Kreatur foltert, nur weil sie das Unglück hatte, als Sklavin geboren zu sein, das ist der Gipfel aller Verworfenheit!"

„So ist es nun wieder auch nicht, mein lieber Álvaro. Diese Übertreibungen und Überschreitungen müssen unterbunden werden. Wie können sich jedoch Justiz oder öffentliche Gewalt das Recht anmaßen, in die Heime der Bürger einzudringen und sich in deren familiäre Angelegenheiten einzumischen? Wie viele verabscheuungswürdige, grauenerregende Taten geschehen im Namen der Sklaverei auf den Plantagen und Gütern, ohne daß der Nachbar, geschweige denn die Justiz, jemals davon erfährt? Solange es die Sklaverei gibt, wird so etwas immer wieder geschehen. Eine schlechte Einrichtung bringt eine Unzahl von Untaten hervor, denen man nur beikommen kann, indem man das Übel mit der Wurzel ausrottet."

„Leider ist es so. Wenn aber eine herzlose Gesellschaft diese Opfer der Gewalt ihrer Peiniger überläßt, so wird es dennoch stets einige großmütige Seelen geben, die sie beschützen und rächen wollen. Was mich angeht, Geraldo, so schwöre ich dir, solange in meiner Brust noch ein Herz schlägt, werde ich meine ganze Kraft aufwenden um Isaura der Sklaverei zu entreißen. Und ich hoffe, daß Gott mir bei dieser gerechten Aufgabe hilft."

„Wie ich sehe, Álvaro, treibt dich nicht nur die Menschenfreundlichkeit dazu. Du liebst diese Sklavin!"

„Du sagst es, Geraldo: Ich liebe sie sehr und werde sie immer lieben. Ist es denn so abwegig, eine Sklavin zu lieben? Der Patriarch Abraham hat sich in seine Sklavin Agar verliebt und ihretwegen seine Frau Sarah verlassen. Isauras niedriger Stand kann nicht das reine, funkelnde Licht, von dem ich sie umgeben sah, zum Verlöschen bringen. Schönheit und Unschuld sind Gestirne, deren Leuchtkraft mit der Finsternis des Unglücks noch zunimmt."

„Deine Ansichten sind lobenswert. Aber was willst du? Die bürgerlichen Gesetze, die gesellschaftlichen Konventionen sind menschliche Werke und darum unvollkommen, ungerecht und oftmals grausam."

„Das bedeutet also", überlegte Álvaro entmutigt, „daß du in diesen jämmerlichen Gesetzen keinerlei Möglichkeit entdekken kannst, dem Henker sein unschuldiges Opfer zu entreißen?"

„Gar keine, Álvaro, solange du keinen Beweis für das Anrecht deines Schützlings anführen kannst. Das Gesetz sieht in dem Sklaven lediglich das Eigentum und spricht ihm nahezu jede menschliche Eigenschaft ab. Der Herr hat das uneingeschränkte Eigentumsrecht über den Sklaven und kann es nur verlieren, indem er ihn freiläßt oder ihn sonstwie veräußert. Wenn es dem Sklaven gelingt, vor Gericht sein Recht auf Freiheit zu beweisen, kann er sie erlangen, jedoch niemals aufgrund von Mißhandlungen oder ähnlichem."

„Was für ein erbärmlicher und sinnloser Haufen Papier diese Gesetze sind! Reich an Listen und Tücken aller Art, wenn es darum geht, den guten Glauben zu täuschen, den Betrug zu decken, den Unwissenden zu hintergehen, den Armen zu berauben und Wucher und Habgier der Reichen zu begünstigen. Wenn es aber darum geht, einen wohltätigen Zweck zu erreichen, die hilflose Unschuld vor der Anmaßung zu schützen oder die Unglücklichen vor einer ungerechtfertigten Verfolgung zu bewahren, sind sie entweder stumm oder grausam.

Ihnen zum Trotz werde ich meine ganze Kraft daransetzen, das arme Mädchen vom Joch der Sklaverei zu befreien. Und ich gebe offen zu, daß mich nicht nur ein großzügiger Impuls dazu treibt, sondern auch reine und glühende Liebe."

Álvaros Freund erschauerte vor der enthusiastisch geäußerten Entschiedenheit Álvaros. Er hielt sie für eine bemitleidenswerte Geistesverirrung.

„Ich hätte niemals gedacht", erwiderte er mit ernster Miene, „daß dich deine ausgefallene und unselige Liebe so weit treiben würde. Natürlich ist es ehrenhaft, daß du aus Menschenfreundlichkeit versuchst, eine Sklavin zu beschützen. Das übrige aber ist nichts weiter als die Schwärmerei einer romantischen Seele. Ob es wohl deiner gesellschaftlichen Stellung entspricht und ihrer würdig ist, wenn du dich von einer so heftigen Leidenschaft für eine Sklavin beherrschen läßt?"

„Sklavin!" rief Álvaro noch aufgeregter. „Ein leeres Wort, es drückt nichts aus, ist nur Lüge. Sie ist rein wie ein Engel und schön wie eine Fee, das ist die Wahrheit! Kann ein Mensch oder die gesamte Gesellschaft sich dem Ansinnen Gottes widersetzen und einen Engel zu einer gemeinen Sklavin machen?"

„Aber ein beklagenswertes Verhängnis wollte, daß dieser Engel vom Himmel in den Morast der Sklaverei fiel. Von dem Makel, der ihren Flügeln anhaftet, kann sie keiner vor den Augen der Welt befreien. Álvaro, das gesamte gesellschaftliche Leben liegt unter einem Fangnetz, und wir müssen uns bücken, wenn wir nicht mit dem Kopf dagegenstoßen wollen, so daß es uns zu Fall bringt. Wer Konventionen und Vorurteile nicht achtet, läuft Gefahr, sich unglaubwürdig oder lächerlich zu machen."

„Die Sklaverei an sich ist schon eine Schande, ein scheußliches Geschwür im Gesicht der Nation, die sie duldet und schützt. Ich sehe keinerlei Grund, die Achtung für ein sinnloses Vorurteil, das auf Mißbrauch basiert und uns in den Augen der zivilisierten Welt entehrt, so weit zu treiben. So will ich denn der erste sein, der ein gutes Beispiel gibt, das vielleicht nachgeahmt wird. Soll dieses Beispiel wenigstens als ein energischer und förmlicher Protest gegen einen unmenschlichen und beschämenden Tatbestand dienen."

„Du bist reich, Álvaro, und dein Reichtum gewährt dir so viel Unabhängigkeit, daß du deine philanthropischen Träume ebenso wie deine romantischen Launen erfüllen kannst. Dennoch kann dein Reichtum, so groß er auch ist, niemals die höheren Gesellschaftskreise dazu bringen, diese Sklavin, mit der du allem Anschein nach dein Schicksal verknüpfen willst, zu achten oder gar aufzunehmen . . ."

„Was scheren mich die höheren Gesellschaftskreise, wenn wir nur von vernünftigen, gutherzigen Menschen gut aufgenommen werden! Ansonsten irrst du dich gewaltig, mein Freund. Die Welt hofiert stets das Geld, wo auch immer sich dieses befindet. Das Gold hat einen Glanz, der blind macht und diese sogenannten Geburtsmakel völlig verschwinden läßt. Ich garantiere dir, daß es uns nicht an Achtung und Ansehen fehlen wird, solange es uns am Geld nicht fehlt."

„Du vergißt jedoch etwas sehr Wesentliches, Álvaro: Was wird sein, wenn du die Freiheit deines Schützlings nicht erreichst?"

Bei dieser Frage erblaßte Álvaro und blickte traurig und stumm in die Ferne. In diesem Augenblick erschien Álvaros Kutscher, der mit dem Wagen an der Gartentür wartete, und teilte Álvaro mit, einige Leute suchten ihn oder den Hausherren.

„Mich?" brummte Álvaro. „Bin ich denn hier etwa zu Hause? Da sie aber auch nach dem Hausherren verlangen, lassen Sie sie herein!"

„Álvaro", sagte Geraldo, der aus einem der Fenster lugte, „wenn ich mich nicht täusche, kommen sie von der Polizei.

Mir scheint, ich sehe dort einen Gerichtsvollzieher. Ob wir wohl eine Szene wie die auf dem Ball erleben werden?"

„Unmöglich! Was maßen sie sich an? Die Polizei selbst hat mich zum Beschützer dieses Heiligtums ernannt!"

„Verlasse dich nicht darauf. Justitia ist eine äußerst flatterhafte Göttin, und sie ist niemals verlegen um eine saftige Täuschung. Was sie heute behauptet, gilt morgen manchmal nicht mehr . . ."

Nach Ende des Balles schrieb Martinho Isauras Herrn sofort einen langen und ausführlichen Brief. Darin teilte er diesem mit, er habe das Glück gehabt, die von ihm so sehr gesuchte Sklavin ausfindig zu machen.

Er berichtete lang und breit über seine Bemühungen, die schließlich dazu geführt hätten, daß er sie auf einem öffentlichen Ball entdeckte. Er pries seine eigenen Talente zum Spitzel und seine Neigungen zum Verräter, indem er behauptete, niemand außer ihm sei imstande gewesen, in einem so schönen und begabten Mädchen eine Sklavin zu wittern. Erbarmungslos fälschte er Tatsachen und Umstände und erklärte Leôncio in der vulgären Sprache eines Schankwirts, daß Miguel sich mit Isaura in Recife niedergelassen habe, um aus der Schönheit seiner Tochter Kapital zu schlagen. Diese hätte sodann ihr Netz bei den reichen Nichtstuern ausgelegt, und es sei ihr schließlich gelungen, einen fetten, leicht zu rupfenden Enterich einzufangen. Dabei handle es sich um einen Pernambucaner namens Álvaro, mehrfacher Millionär und tausendfacher Tölpel, der sich rasend in sie verliebt habe. Isaura hätte ihn derart becirct und eingewickelt, daß er sie nunmehr heiraten wolle. Dieser Narr sei so dumm gewesen, sie auf einen Ball mitzunehmen, wo er, Martinho, sie glücklicherweise entdeckt habe. Er habe sie sogleich festnehmen lassen, und sie wäre jetzt bereits auf dem Weg zu ihrem Herrn, wenn nicht besagter Herr Álvaro, den nicht einmal das Wissen um die betrügerische Natur seiner Heldin habe hindern können, sie auf schamlose und empörende Weise zu beschützen, sich dagegengestellt hätte. Jener habe seine wertvollen Beziehungen und seinen Einfluß genutzt, den er als reicher Mann in jener Gegend hatte, um ihre Gefangennahme zu verhindern. Zudem habe er sich zu ihrem Bürgen ernannt und verwahre sie, gegen alle Regeln von Anstand und Gerechtigkeit, in seinem Besitz, da er sie einzig und allein ihrem Herrn aushändigen wolle. Martinho schloß mit der Vermutung, Álvaro wolle gar versuchen, sie zu befreien, um sie zu seiner Ehefrau oder Geliebten zu machen. Er, Martinho, fühle sich verpflichtet, ihm all dies zu seiner Disposition mitzuteilen.

Dies war, in kurzen Worten, der Inhalt von Martinhos Brief, der mit derselben Post nach Rio de Janeiro abging wie auch Álvaros Brief mit dem Angebot für Isauras Freilassung. Erfreut über Isauras Entdeckung, doch voller Eifersucht und Unruhe über Martinhos Mitteilung, beeilte sich Leôncio, beide Briefe zu beantworten. Dasselbe Postpaket, das den ungehobelten und beleidigenden Brief an Álvaro enthielt, brachte auch ein Schreiben an Martinho. Darin ermächtigte ihn Leôncio zur Festnahme der Sklavin, wo auch immer er sie anträfe, und schickte ihm vorsichtshalber noch eine Spezialvollmacht sowie einige Empfehlungsbriefe wichtiger Persönlichkeiten an den Polizeichef, mit der Bitte, dieser solle Martinho bei der Durchführung seines Auftrags unterstützen.

Martinho eilte ins Polizeipräsidium, legte dem Polizeichef sämtliche Papiere vor und verlangte, er möge die Auslieferung Isauras verfügen. Angesichts der Unterlagen, die Martinho bei sich hatte, sah jener ein, daß er sich Martinhos Forderung nicht länger widersetzen konnte. So verfügte er schriftlich, die besagte Sklavin sei Martinho zu übergeben, und ließ ihn zu diesem Zweck durch einen Gerichtsvollzieher und zwei Polizeibeamte begleiten.

Es war demnach Martinho, der, entsprechend von der Polizei

ermächtigt, sich mit seiner Eskorte vor Isauras Tür einfand, um Álvaro die begehrte Beute zu entreißen.

„Schon wieder dieser Schurke!" murmelte Álvaro zwischen den Zähnen. Es war wie ein Grollen ohnmächtiger Wut, das dem jungen Mann aus tiefster Seele kam.

„Was wünschen Sie von mir?"

„Da Sie mich gut kennen", antwortete Martinho, „werden Sie sicher schon den Grund meines Kommens erraten haben."

„Nicht im geringsten. Ich bin eher befremdet über das Polizeiaufgebot, das Sie begleitet."

„Ihre Befremdung wird sich geben, wenn Sie erfahren, daß ich die Herausgabe einer flüchtigen Sklavin namens Isaura fordere, die ich vor einiger Zeit auf einem Ball, bei dem auch Sie zu Gast waren, dingfest gemacht habe. Ich sollte sie ihrem Herrn in Rio de Janeiro aushändigen. Sie haben sich der Auslieferung damals ohne jede Berechtigung widersetzt und behalten sie bis heute in Ihrer Gewalt. Das verstößt gegen jedes Recht."

„Halt, Herr Martinho! Mir scheint, daß Sie nicht die geeignete Person sind, um irgend jemandem ein Recht abzusprechen. Sie wissen genau, daß ich für diese Sklavin bürge und daß mir von der zuständigen Behörde das Recht erteilt wurde, sie zu beschützen."

„Dieses Recht – sofern man einen Willkürakt Recht nennen kann – ist verwirkt, da Sie bis jetzt keinerlei Beweise zugunsten der Sklavin anführen konnten. Und außerdem", fuhr er fort und legte eine Urkunde vor, „habe ich hier einen ausdrücklichen Befehl des Polizeichefs, mir die genannte Sklavin auszuhändigen. Dagegen können Sie rechtlich nichts unternehmen."

„Wie ich sehe, Herr Martinho", sagte Álvaro, nachdem er das Papier kurz untersucht hatte, „haben Sie Ihr unwürdiges Vorhaben noch nicht aufgegeben. Für ein bißchen Geld machen Sie sich zum niedrigen Werkzeug des Henkers dieser unglücklichen Frau? Denken Sie nach, Sie werden einsehen, daß diese abscheuliche Tat nur Ekel und Verachtung bei all Ihren Mitmenschen hervorrufen kann."

Mit der Polizei im Rücken fühlte sich Martinho berechtigt, grob und arrogant zu werden, und erwiderte kalt:

„Herr Álvaro, ich bin lediglich in der Absicht gekommen, im Namen der Obrigkeit die Auslieferung einer Sklavin zu fordern, die sich hier versteckt, und nicht, um mir Ihre Vorwürfe anzuhören. Tun Sie nur das, was das Gesetz verlangt und die Vernunft empfiehlt, wenn Sie nicht wollen, daß ich von meinem Recht Gebrauch mache . . ."

„Von welchem Recht?"

„Von dem Recht, dieses Haus zu durchsuchen und die Sklavin mit Gewalt abzuführen."

„Hinaus, Sie gemeiner Spitzel!" schrie Álvaro, der seine Wut nicht länger beherrschen konnte. „Verschwinde von hier, wenn du für deine Dreistigkeit nicht teuer bezahlen möchtest!"

„Herr Álvaro, sehen Sie sich vor!"

Dr. Geraldo, der bis dahin wohlweislich geschwiegen hatte, weil er seinen Freund im Unrecht fand, sah, daß dessen Zorn und Unvorsichtigkeit allmählich die Grenzen des Tragbaren überschritten. Er empfand es als seine Pflicht, einzugreifen, und näherte sich Álvaro. Er faßte seinen Arm und sagte leise zu ihm:

„Was tust du, Álvaro? Siehst du denn nicht, daß deine Unbeherrschtheit dich nur in Schwierigkeiten bringt und Isauras Lage verschlimmert? Du solltest etwas vorsichtiger sein, mein Freund."

„Aber was soll ich denn tun? Kannst du mir das sagen?"

„Sie ausliefern."

„Niemals!"

Einen Augenblick lang herrschte allgemeines Schweigen. Álvaro schien zu überlegen.

„Mir fällt ein Ausweg ein", flüsterte er Geraldo ins Ohr. „Ich werde es versuchen."

Ohne die Antwort seines Freundes abzuwarten, näherte er sich Martinho.

„Herr Martinho", sagte er, „ich würde gerne zwei Worte mit Ihnen alleine sprechen, wenn der Doktor es gestattet."

„Ich stehe zu Ihrer Verfügung", erwiderte Martinho.

„Ich bin überzeugt, Herr Martinho", sagte Álvaro mit gedämpfter Stimme, während er Martinho zur Seite führte, „daß die Belohnung von fünf Contos der Hauptgrund für Ihr Verhalten gegenüber einer unglücklichen Frau ist, die Ihnen niemals etwas getan hat. Ich gebe zu, daß Sie insofern im Recht sind und der Betrag nicht zu verachten ist. Wenn Sie jedoch Ihr Vorhaben gänzlich aufgeben wollen und diese Sklavin in Frieden lassen, gebe ich Ihnen das Doppelte."

„Das Doppelte! Zehn Contos de réis!" rief Martinho und riß die Augen weit auf.

„Genau; zehn Contos de réis, heute noch."

„Aber, Herr Álvaro, ich habe dem Besitzer der Sklavin schon mein Wort gegeben, habe einiges unternommen und . . ."

„Was macht das schon? Sagen Sie ihm, sie sei wieder geflohen, oder erfinden Sie irgendeine andere Ausrede."

„Wie denn, wenn alle wissen, daß sie sich unter Ihrer Obhut befindet?"

„Aber! Wenn Sie es nur wirklich wollen, Herr Martinho; ein so kluger und aufgeweckter Mann wie Sie wird sich doch nicht durch solch eine Bagatelle in Verlegenheit bringen lassen!"

„Gut, abgemacht", sagte Martinho nach kurzer Überlegung. „Wenn Sie sich schon so sehr für diese Sklavin interessieren, dann möchte ich Sie nicht weiter mit dieser Angelegenheit belasten, die, ehrlich gesagt, auch mir höchst zuwider ist. Ich nehme Ihren Vorschlag an."

„Danke, Sie leisten mir einen großen Dienst."

„Wie soll ich denn die Sache drehen, damit ich heil aus der Angelegenheit herauskomme?"
„Überlegen Sie nur. Sie haben doch Phantasie; Ihnen wird schon eine Möglichkeit einfallen, wie Sie sich sauber aus der Affäre ziehen können."
Martinho kaute einen Augenblick lang an seinen Fingernägeln herum und starrte zu Boden. Schließlich hob er den Kopf, legte den Zeigefinger an die Stirn und sagte:
„Ich hab's! Zu sagen, die Sklavin sei wieder verschwunden, ist nicht zweckmäßig; es würde Sie kompromittieren, weil Sie ja die Verantwortung für sie übernommen haben. Ich werde lediglich sagen, daß weitere Nachforschungen ergeben haben, daß das Mädchen, das sich in Ihrer Obhut befindet, nicht die fragliche Sklavin ist, und alles ist erledigt."
„Das ist kein schlechter Einfall. Es war aber alles so öffentlich . . ."
„Was macht das schon? Erinnern Sie sich nicht an ein Brandmal über der linken Brust, das in der Anzeige genannt wird? Ich sage, daß man dieses Mal nicht gefunden hat, und damit ist klar, daß es sich nicht um die gleiche Person handelt. Ich werde noch hinzufügen, daß das Mädchen, für die Sie sich interessieren, bei Tageslicht anders aussieht als bei Nacht; daß sie in nichts der schönen Sklavin ähnelt, die in der Anzeige beschrieben wird. Statt zwanzig – so werde ich sagen – scheint sie eher über dreißig oder um die vierzig zu sein; und ihre Schönheit war ein Ergebnis der Schminkkunst und des Flackerns der Kerzen und Leuchter."
„Sie sind sehr einfallsreich", bemerkte Álvaro mit einem Lächeln. „Aber diejenigen, die sie gesehen haben, werden dies alles nicht glauben. Und es bleibt noch eine Schwierigkeit bestehen, Herr Martinho: das Geständnis, das sie öffentlich gemacht hat. Das werden Sie so leicht nicht los."
„Ach, was! Wir behaupten, sie hätte des öfteren hysterische Anfälle und Halluzinationen."

„Bravo, Herr Martinho; ich vertraue voll und ganz Ihrer Geschicklichkeit und Ihrem Erfindungsreichtum. Und wie weiter?“
„Dann teile ich dies alles dem Polizeichef mit, erkläre ihm, daß ich mit dieser ganzen Sache nichts mehr zu tun habe. Danach übergebe ich die Vollmacht irgendeinem Gerichtsvollzieher, der sich dieser Aufgabe annehmen will, und schreibe umgehend an den Eigentümer der Sklavin. Ich teile ihm meinen Irrtum mit, was ihn sicherlich davon absehen läßt, hier weiter nach ihr zu suchen. Somit sind seine Nachforschungen auf eine falsche Fährte gelenkt. Nun, wie finden Sie meinen Plan?“
„Großartig! Wir dürfen keine Zeit verlieren, Herr Martinho!“
„Ich gehe gleich los, und in weniger als zwei Stunden bin ich zurück und erstatte Ihnen Bericht.“
„Nein, kommen Sie nicht hierher, ich kann nicht mehr lange bleiben. Ich erwarte Sie in meinem Hause. Dort werden Sie auch den vereinbarten Betrag erhalten.“
„Sie können gehen“, sagte Martinho zu dem Gerichtsvollzieher und den Polizisten, die an der Außenseite der Tür standen. „Ihre Anwesenheit ist nicht länger erforderlich.“
„Da gibt es keinen Zweifel“, sagte er zu sich selbst, „der Gewinn verdoppelt sich wie bei Siebzehn und vier. Diese Sklavin ist eine Goldmine, die noch nicht ausgeschöpft scheint.“
Und er zog von dannen, sich die Hände vor Freude reibend.
„Nun, wie hast du dich mit diesem Manne arrangiert?“ fragte Geraldo, sobald Martinho ihnen den Rücken gekehrt hatte.
„Ausgezeichnet“, erwiderte Álvaro, „mein Einfall brachte den gewünschten Erfolg, ja noch mehr!“
In wenigen Worten berichtete Álvaro seinem Freund von dem Handel, den er mit Martinho abgeschlossen hatte.
„Was für ein verabscheuungswürdiger Charakter, dieser

Martinho!" rief Geraldo. „Von einem Mann seines Schlages war ja auch nichts Besseres zu erwarten. Glaubst du, Álvaro, daß du mit deinem Schritt etwas erreicht hast?"

„Nicht allzuviel, aber irgend etwas bestimmt. Ich kann die Katastrophe zumindest für einige Zeit aufhalten, und wie der Volksmund so schön sagt, Geraldo, solange der Stock geschwungen wird, bleibt der Rücken verschont. Während Leôncio Isaura in der ganzen Welt sucht, kann sie beruhigt in meinem Schatten bleiben, unbehelligt von den Nachstellungen und Mißhandlungen ihres Herrn. Ich gewinne somit Zeit und kann mich um die Beweise und Urkunden kümmern, die ihr Anrecht auf Freiheit belegen sollen. Dies genügt mir fürs erste; was das übrige angeht, muß ich auf göttliche Eingebung hoffen."

„Wie du dich irrst, mein armer Álvaro! Glaubst du denn, du hättest deinen Schützling schon vor allen Nachforschungen bewahrt, indem du dich Martinhos entledigtest? Wie blind du bist! Es gibt genügend Spitzel, die genauso geldgierig sind wie er. Für fünf Contos de réis werden sich viele auf die Fährte einer so kostbaren Beute machen. Vor allem jetzt, nachdem Martinho Alarm geschlagen hat und diese Sache bekannt geworden ist, werden sich statt seiner hundert andere Martinhos an die Fersen der schönen Flüchtigen heften. Sie brauchen nichts weiter zu tun, als der Spur des ersten zu folgen."

„Geraldo, du siehst die Dinge immer von ihrer schlechtesten Seite. Es ist doch möglich, daß die von Martinho erfundenen Märchen geglaubt werden und daß kein Mensch mehr daran denkt, in diesem Mädchen die Sklavin Isaura zu suchen. Sollen sie tausend Schergen in allen Ecken dieser Welt suchen, mir ist das gleichgültig. Ich habe immerhin einen Aufschub erreicht."

„Nun gut, Álvaro, nehmen wir an, daß es so ist; siehst du denn nicht, daß ein solches Verhalten deiner unwürdig ist?

Wenn du so handelst, verdienst du tatsächlich die beleidigenden Bezeichnungen, mit denen dich Leôncio bedacht hat."

„Verzeih mir, mein lieber Geraldo, aber ich kann deine Vorwürfe nicht akzeptieren. Sie treffen nur auf gewöhnliche Fälle zu, aber nicht auf die ganz besonderen Umstände, in denen Isaura und ich uns befinden. Weder verstecke noch begünstige ich eine Sklavin; ich beschütze einen Engel, ein unschuldiges Opfer vor dem Grimm seines Peinigers. Meine Beweggründe und die Eigenschaften der Person, für die ich das tue, rechtfertigen mein Verhalten. Sie genügen, um mich vor meinem Gewissen zu rechtfertigen."

„Also gut, Álvaro, tu, was du willst. Ich weiß nicht, was ich sonst noch sagen könnte, um dich von einem Verhalten abzubringen, das ich, ehrlich gesagt, unklug, lächerlich und deiner Person unwürdig finde."

Geraldo konnte seine Verärgerung über die blinde Leidenschaft des Freundes nicht verbergen, eine Leidenschaft, die diesen zu Handlungen bewegte, die er nur als burlesken Irrsinn oder als unsägliche Verrücktheit bezeichnen konnte. Deswegen versuchte er, Álvaro mit allen Mitteln von seiner Absicht abzubringen, statt ihm mit seinem Rat zur Seite zu stehen und ihm die Möglichkeiten für die Befreiung Isauras zu nennen. Er malte alles in noch schwärzeren Farben aus, als es in Wirklichkeit war. Wäre es ihm möglich gewesen, hätte er Isaura ihrem Herrn ausgeliefert, nur um Álvaro von dieser gräßlichen Versuchung zu befreien, die ihn auf den Pfad überspannter Narretei führte.

17. KAPITEL

Als er wieder alleine war, setzte sich Álvaro an einen Tisch, vergrub die Stirn in den Händen und verlor sich tief in Gedanken.

Aufgrund des Schweigens, das nun im Wohnzimmer herrschte, hatte Isaura jedoch gemerkt, daß keine Fremden mehr da waren, und ging zu Álvaro.

„Herr Álvaro", sagte sie, indem sie behutsamen Schrittes auf ihn zuging, „entschuldigen Sie mich . . . Gewiß störe ich Sie . . . Sie möchten vielleicht alleine sein . . ."

„Nein, Isaura, du störst mich nie, im Gegenteil, du bist stets in meiner Nähe willkommen."

„Aber ich sehe, daß Sie sehr traurig sind! Mir schien, als ob Leute hiergewesen wären, und ich hörte aufgebrachte Stimmen. Hat man Ihnen Kummer zugefügt, Herr?"

„Es ist nichts Außergewöhnliches geschehen, Isaura; einige Leute suchten nach Dr. Geraldo."

„Warum sind Sie dann so traurig und bedrückt?"

„Ich bin weder traurig noch bedrückt. Ich dachte soeben darüber nach, wie man dich aus dem Abgrund der Sklaverei retten und dich zu dem machen könnte, wozu dich der Himmel geschaffen hat."

„Ach, mein Herr, quälen Sie sich nicht so aus Liebe zu einer Unglückseligen, die solche Mühen nicht verdient. Es hat keinen Sinn, gegen die Unabänderlichkeit meines Schicksals anzukämpfen. Vergessen Sie die arme Gefangene, die sich Ihres Mitleids unwürdig gemacht hat, indem sie Ihnen ihren wahren Stand verheimlicht und Sie der Schande ausgesetzt hat, zu . . ."

„Schweig, Isaura. Wie lange willst du noch an diesen verflixten Zwischenfall denken? Ich allein war schuld daran, weil ich dich gezwungen habe, auf diesen Ball zu gehen. Du hattest mehr als nur gute Gründe, mir dein Unglück nicht zu verraten. Vergiß es, Isaura, ich bitte dich im Namen unserer Liebe darum."

„Ich kann es nicht vergessen, weil mir die Gewissensbisse immer wieder die Erinnerung an meine Schwäche wachrufen. Das Unglück ist ein schlechter Ratgeber, es verwirrt und benebelt unseren Geist. Ich liebte Sie damals, wie ich Sie heute noch liebe, und zwar immer mehr . . . Verzeihen Sie mir diese Erklärung, die, von einer Sklavin gesprochen, zweifellos eine Dreistigkeit ist."

„Sag, Isaura, sag immerzu, daß du mich liebst. Könnte ich doch für alle Ewigkeit diese Worte aus deinem Munde hören!"

„Eine traurige Liebe, die Liebe einer Sklavin, eine Liebe ohne Lächeln und Hoffnung. Aber das Glück, von Ihnen geliebt zu werden, war mir ein großer Trost. Durch Ihre Liebe erhöhten Sie mich und ließen mich die Wirklichkeit meines niedrigen Standes vergessen. Ich erschauderte stets bei dem Gedanken, daß mich die Enthüllung eines Tages für immer dieses Trostes berauben würde. Vergeben Sie mir, Herr, vergeben Sie der unseligen Sklavin, welche sich erdreistete, Sie zu lieben!"

„Isaura, laß diese überflüssigen Skrupel und demütigen Reden. Wenn du mich liebst und ich dich ebenfalls liebe, weil ich dich meiner Liebe für wert erachte, was willst du dann noch? Noch bevor ich von deiner niederen Geburt erfuhr, liebte ich dich, weil ich von deinen ungewöhnlichen Reizen gefangen war; heute verehre und vergöttere ich dich mehr denn je."

„Sie lieben mich, und dieser Gedanke quält mich am meisten! Was nützt uns diese Liebe, wenn mir nicht einmal das Glück beschieden ist, Ihre Sklavin sein zu dürfen, und ich unwiderruflich in den Händen meines Henkers sterben muß?"

„Niemals, Isaura!" rief Álvaro erregt. „Mein Vermögen, meine Ruhe, mein Leben, alles werde ich opfern, um dich von diesem niederträchtigen Tyrannen zu befreien. Wenn die menschliche Justiz mir nicht bei dieser großherzigen Aufgabe hilft, wird der Himmel die Gerechtigkeit durch meine Hände verwirklichen."

„Ach, Herr Álvaro, opfern Sie sich nicht für eine arme Sklavin, die solch Unermeßliches nicht verdient. Überlassen Sie mich meinem Schicksal. Die Liebe eines so edlen und liebenswürdigen Mannes gefunden zu haben, bedeutet schon ein großes Glück; die Erinnerung daran wird mich in meinem Elend stärken und trösten. Ich kann jedoch nicht zulassen, daß Sie Ihren Namen und Ihr Ansehen aus Liebe zu einer Sklavin beschmutzen."

„Ich bitte dich, Isaura, quäle mich nicht weiter mit diesem verfluchten Wort, das du ständig auf den Lippen führst. Du, eine Sklavin? Du bist es nicht, warst es nie und wirst es niemals sein. Kann denn etwa die Tyrannei eines einzelnen oder die einer ganzen Gesellschaft ein Wesen, das Gottes Hand als ein anbetungswürdiger Engel verlassen hat, in eine niedrige Kreatur verwandeln und sie zur Sklaverei verdammen? Nein, Isaura, ich werde dich auf den vornehmen Platz heben, den der Himmel für dich geschaffen hat, und ich rechne mit dem Schutz des gerechten Gottes, denn ich beschütze einen seiner Engel."

Obwohl Álvaro in der Ballnacht erfahren hatte, daß Isaura eine einfache Sklavin war, behandelte er sie weiterhin mit demselben Respekt, derselben Rücksicht und Aufmerksamkeit, als handle es sich um eine junge Dame aus den höchsten Gesellschaftskreisen. Sein Verhalten stand im Einklang mit seinen noblen Prinzipien und seiner feinfühligen Seele. Schamgefühl, Unschuld, Tugendhaftigkeit und Unglück waren ihm stets achtungswürdige und heilige Dinge gewesen, bei einer Sklavin wie bei einer Prinzessin. Seine Zuneigung war so rein wie ihr Gegenstand, und nicht im Traum hätte er daran gedacht, die demütigende Lage seiner Liebsten auszunutzen und ihre makellose Unschuld zu beflecken. Niemals hatten eine gewagte Geste oder ein zweideutiges Wort seinerseits Isaura die Schamröte ins Gesicht getrieben, und kein einziges Mal hatten Álvaros Lippen ihre jungfräulichen Wangen auch nur gestreift. Erst nach wiederholten, inständigen Bitten Isauras hatte er es gewagt, sie zu duzen, und er tat dies einzig und allein, wenn sie unter sich waren.

Zum allerersten Mal legte nun Álvaro, der sich bei seinen letzten Worten heftig ergriffen zeigte, seinen Arm um Isauras Schultern und drückte sie sanft gegen sein Herz.

Sie waren noch in dieser ersten zarten Liebesumarmung versunken, als das Geräusch eines Wagens vor der Gartentür und ein laut erschallender Ruf – „Jemand zu Hause?" – sie trennte. Augenblicklich trat Álvaros Kutscher in das Zimmer und kündigte neuerlichen Besuch an.

„Was ist denn heute nur los? Ob es wieder diese verdammten Spitzel sind?" überlegte Álvaro und sagte zu Isaura:

„Es erscheint mir klüger, wenn du dich zurückziehst, meine Freundin. Wer weiß, wer das ist. Vielleicht ist es besser, wenn man dich nicht sieht."

„Ach, wenn ich ihm nicht immer nur Ärger bringen würde!" murmelte Isaura im Hinausgehen.

Einen Augenblick später trat ein eleganter, gutaussehender junger Mann in den Raum, elegant gekleidet und mit vornehmen Manieren. Trotz seines guten Aussehens lag in seinem Gesicht ein dämonischer Ausdruck, sein Blick war düster, angsteinflößend und abscheuerregend.

„Dies ist sicherlich kein Spitzel", dachte Álvaro und deutete auf einen Stuhl: „Wollen Sie sich nicht setzen und so freundlich sein, mir den Grund Ihres Besuches zu nennen?"

„Ich bitte Sie um Entschuldigung", erwiderte der Besucher, während er seinen Blick aufmerksam durch den Raum kreisen ließ, „nicht Sie wünschte ich zu sprechen, sondern den Bewohner dieses Hauses oder seine Tochter."

Álvaro erbebte. Offensichtlich war dieser Mann, obwohl er nicht wie ein Spitzel aussah, auf der Suche nach Isaura. Um jedoch festzustellen, ob seine Befürchtung begründet war, wollte Álvaro den Besucher noch etwas näher befragen, bevor er den Hausherren rief.

„Ich habe die Erlaubnis des Hausherren, mich um alle Angelegenheiten zu kümmern", antwortete er. „Sie können sich also an mich wenden und mir sagen, was Sie von ihm wünschen."

„Sehr wohl, mein Herr. Dies kann ich zweifelsohne tun, da es sich um keinerlei Geheimnis handelt. Ich habe aus sicherer Quelle erfahren, daß sich hier eine geflohene Sklavin namens Isaura verbirgt, und ich komme, um sie festzunehmen."

„In diesem Falle müssen Sie mit mir verhandeln, da ich der Bürge dieser Sklavin bin."

„Ach! Demnach sind Sie Herr Álvaro?"

„Zu Ihren Diensten."

„Nun, ich freue mich, Sie hier anzutreffen. Ich bin Leôncio, der rechtmäßige Eigentümer dieser Sklavin."

Leôncio! Isauras Herr! Álvaro war wie erschlagen vom Gewicht dieser schrecklichen, vernichtenden Enthüllung. Stumm und bestürzt blickte er einige Momente lang auf diese Gestalt, die ihm düster und unbarmherzig wie einst Luzifer erschien, der sich gerade anschickt, sein Opfer zu packen und in die Hölle zu zerren. Álvaro brach der kalte Schweiß aus, ein stechender Schmerz würgte ihm das Herz. „Er ist es! Der Henker persönlich! Ach, arme Isaura!" hallte es traurig in seiner vor Mutlosigkeit erstarrten Seele.

18. KAPITEL

Der Leser wird von dem unerwarteten Erscheinen Leôncios in Recife nicht minder überrascht sein, als es Álvaro war, ebenso von der Sicherheit, mit der dieser an die Tür des Hauses klopfte, in das sich seine Sklavin geflüchtet hatte. Wir wollen nun erklären, wie es dazu kam, damit der Leser nicht glaubt, es handle sich um ein Wunder.

Die beiden uns bekannten Briefe an Álvaro und Martinho hatten Leôncio keineswegs beruhigt. Tödliche Unrast und verzweifelte Eifersucht nagten an seinem Herzen. Die Nachricht, Isaura befände sich bei einem gutaussehenden und reichen jungen Mann, der sie leidenschaftlich liebte, quälte ihn unsäglich. Es war wie ein Geschwür, das sein Inneres verzehrte, ihn in Verzweiflung stürzte und die heftige Leidenschaft, die er zu seiner Sklavin gefaßt hatte, noch stärker lodern ließ. Er befand sich bei Hofe, wohin er sich sofort begeben hatte, als ihn die Nachricht von Isauras Verbleib erreicht hatte. Er suchte einen Stützpunkt, der es ihm ermöglichte, energische Maßnahmen zu ihrer Ergreifung einleiten zu können. Am Tag vor der Abfahrt des Dampfers hatte er seine Briefe aufgegeben; die verbleibenden Stunden verbrachte er in Gedanken. Doch konnte er vor lauter Erregung die Antwort nicht abwarten; außerdem war ihm ein Volksspruch eingefallen, der besagt, daß man selbst besorgen muß, was man mit Sicherheit erreichen will. Auch konnte er sich nicht auf die Tatkraft und den guten Willen von Fremden verlassen, die möglicherweise nicht in der Lage waren, erfolgreich gegen Álvaros Einfluß anzukämpfen, zumal er gehört hatte, dieser sei in seiner Gegend ein wahrer Potentat. Eifersucht und Rache lassen es nicht gerne zu, daß fremde Hände ihre Vorhaben ausführen.

„Ich muß unbedingt selbst gehen“, dachte Leôncio. Nachdem

dieser Entschluß feststand, begab er sich zum Justizminister, zu dem er freundschaftliche Beziehungen pflegte, und bat diesen um einen Empfehlungsbrief – der einem Befehl gleichkommt – an den Chef der Polizei in Pernambuco. Darin stand, dieser möge ihn tatkräftig bei der Gefangennahme einer Sklavin unterstützen. Leôncio hatte sich schon vorab mit einem Rechtshilfeersuchen und einem Haftbefehl gegen Miguel ausstatten lassen, gegen den er ein Urteil wegen Diebstahl und Fluchtbegünstigung erwirkt hatte. Der grimmige Pascha vergaß nichts, was seine Rache noch vervollständigen könnte.

Am darauffolgenden Tage reiste Leôncio in Richtung Norden ab, im gleichen Dampfer, der auch seine Briefe beförderte. Diese jedoch erreichten ihre Empfänger einige Stunden bevor ihr Verfasser in Recife an Land ging.

Sobald Leôncio den Fuß auf festen Boden gesetzt hatte, begab er sich zum Polizeichef, übergab ihm das Schreiben des Ministers und legte ihm seine Forderung dar.

„Ich muß Ihnen leider mitteilen, Herr Leôncio", erwiderte dieser, „daß vor weniger als zwei Stunden eine von Ihnen ermächtigte Person diesen Raum verließ, um dieselbe Sklavin festzunehmen. Diese Person kehrte vor kurzem zurück und erklärte, sie habe sich geirrt und soeben erkannt, daß die Verdächtige nicht die Sklavin sein könne, die Ihnen entflohen ist."

„Ein gewisser Martinho, nicht wahr, Exzellenz?"

„So ist es."

„In der Tat. Und was sagen Sie, Exzellenz?"

„Die Wahrheit; vor der Tür stehen noch der Gerichtsvollzieher und die Polizisten, die ihn begleiteten."

„Also habe ich meine Zeit verloren und die Reise umsonst gemacht. Aber nein, das ist nicht möglich. Glauben Sie mir, Exzellenz, es steckt etwas dahinter . . . Ein gewisser Herr Álvaro, der angeblich sehr reich ist . . ."

„Und dieser Martinho ist ein Gauner und zu jeder Niedertracht fähig. Alles ist möglich; als Betroffener steht es Ihnen jedoch zu, diese Angaben zu überprüfen."

„Eben dies habe ich vor. Ich werde selbst hingehen und den Sachverhalt mit eigenen Augen überprüfen. Wenn es möglich ist, sofort."

„Wann immer Sie wünschen. Der Gerichtsvollzieher und die Polizisten stehen noch bereit. Keiner könnte Sie besser als diese dorthin bringen und die Gefangennahme durchführen, falls Sie sie als Ihre Sklavin erkennen."

„Sie müssen noch Ihre Ausführungsgenehmigung auf dieses Rechtshilfeersuchen setzen", sagte Leôncio und legte den Haftbefehl gegen Miguel vor, „denn dieser Schuft, der sich erdreistet hat, meiner Sklavin den Kopf zu verdrehen und sie zu entführen, muß ebenfalls bestraft werden."

Der Polizeichef erfüllte Leôncios Bitte ohne zu zögern. Dieser machte sich augenblicklich in Begleitung einer kleinen Eskorte auf den Weg zu Isauras Haus, wo wir ihn Auge in Auge mit Álvaro verließen.

Dessen Lage war verzweifelt. Da stand nun sein Gegner, ausgerüstet mit dem unbestreitbaren Recht, ihn zu erniedrigen, zu vernichten. Dieser vermochte zudem noch seine Seele in Stücke zu reißen, indem er die angebetete Geliebte, das Idol seines Herzens, aus seinen Armen riß, um sie mit der brutalen Zuneigung eines rücksichtslosen Sklaveneigners zu prostituieren. Möglich sogar, daß sie seiner Raserei zum Opfer fiel. Álvaro blieb nichts anderes übrig, als sich wortlos vor diesem Schicksalsschlag zu beugen und mit verschränkten Armen zuzusehen, wie das edle und engelsgleiche Wesen, das erstmals sein Herz in reiner, hingebungsvoller Liebe hatte klopfen lassen, in Ketten gelegt und ihrem gnadenlosen Henker ausgeliefert wurde.

Zu welch beklagenswertem Tun zwingt uns eine unsinnige und unmenschliche Einrichtung!

Der liederliche, zügellose Henker tritt hochmütig und arrogant auf, hat das Gesetz, die Obrigkeit, das Recht und die Gewalt auf seiner Seite. Er schließt seine Krallen um die Beute, das Opfer seiner Begierde oder seines Hasses, und darf diese nach Belieben genießen oder vernichten. Der edelmütige, großzügige Mann, geschlagen und machtlos vor dem Gesetz, sieht seine Hände gebunden und ist nicht in der Lage, dem unschuldigen Opfer, das er beschützen wollte, seinen hilfreichen Arm entgegenzustrecken. So sind wir Zeugen einer seltsamen Entartung, bei der das Gesetz das Laster unterstützt und der Tugend den Arm abschlägt.
Álvaro befand sich also vor Leôncio wie der Verurteilte im Angesicht seines Scharfrichters. Die Hand des Unheils drückte ihn mit ungeheuerlicher Kraft nieder, ohne ihm die geringste Bewegung zu erlauben.
Leôncio brannte vor Wut und Eifersucht und nutzte seinen Vorteil, um sich zugleich an seinem Rivalen zu rächen. Dies tat er nicht mit dem Edelmut eines Kavaliers, sondern mit kräftigen, erniedrigenden Beschimpfungen.
„Ich weiß", führte Leôncio den Dialog fort, den wir im vorhergehenden Kapitel unterbrachen, „daß Sie diese Sklavin schon vor längerer Zeit rechtswidrig in Ihren Besitz brachten, indem Sie die Behörden mit falschen Behauptungen narrten, die Sie niemals werden beweisen können. Nun komme ich selbst, um Isauras Herausgabe zu fordern und Ihre Pläne und Machenschaften zu durchkreuzen."
„Machenschaften nicht, mein Herr. Ich habe diese Sklavin offen gegen die Gewalttätigkeiten eines Herrn beschützt, der sich zu ihrem Henker machen will, und tue dies auch weiterhin. Das ist alles."
„Ach! Nun weiß ich, daß es jedem erlaubt ist, einem Herrn seine Sklaven zu entwenden unter dem Vorwand, sie beschützen zu wollen. Dann hätte ja ein jeder das Recht, über die Behandlung fremder Sklaven zu wachen."

„Wenn Sie die Absicht haben, mich zu verhöhnen, erkläre ich Ihnen hiermit, daß ich weder Lust habe zu verhöhnen, noch verhöhnt zu werden. Ich gestehe Ihnen, daß ich mir die Freiheit dieser Sklavin so sehr wünsche wie mein eigenes Glück und daß ich zu jedem Opfer bereit bin. Ich habe Ihnen bereits Geld angeboten und tue es hiermit wieder. Ich gebe Ihnen, was auch immer Sie verlangen. Ich gebe Ihnen ein Vermögen für diese Sklavin. Setzen Sie den Preis fest."

„Sie ist nicht mit Geld zu bezahlen. Auch nicht mit allem Gold dieser Welt, denn ich will sie nicht verkaufen."

„Eine grausame, krankhafte Laune ist das . . ."

„Bezeichnen Sie die Laune, wie Sie wollen; kann ich denn etwa keine haben, solange ich damit nicht die Rechte eines anderen verletze? Wollen Sie Isaura etwa nicht für sich haben? Dieser Wunsch verletzt jedoch meine Rechte, und dies kann ich nicht dulden."

„Aber mein Wunsch ist edelmütig, der Ihre dagegen ist selbstsüchtig, um nicht zu sagen schäbig. Sie beflecken Ihr Leben mit einem unauslöschlichen Makel, wenn Sie diese Frau gefangenhalten, Sie bespucken und schänden das Grab Ihrer guten Mutter, die diese Sklavin so liebevoll und sorgfältig erzogen hat, damit sie der Freiheit würdig sei, die sie ihr schenken wollte. Und nicht, um Ihre Launen zu befriedigen! Sie wird Sie gewiß vom Himmel aus verfluchen, und die ganze Welt wird sich diesem Fluch anschließen für einen Mann, der ein Wesen voller Tugend, Begabung und Schönheit gefangenhält."

„Jetzt ist es genug, mein Herr! Nun weiß ich auch, daß eine Sklavin, nur weil sie schön und begabt ist, ein Anrecht auf ihre Freiheit hat. Wenn meine Mutter dieses Mädchen nicht großgezogen hat, um meine Launen zu befriedigen, dann hat sie es noch viel weniger für Sie getan, den sie niemals gekannt hat. Herr Álvaro, wenn Sie eine hübsche Sklavin zu Ihrer Geliebten machen wollen, suchen Sie sich eine andere und

kaufen Sie sie. Was diese angeht, können Sie alle Hoffnung aufgeben."
„Herr Leôncio, Sie vergessen gewiß, wo Sie sich befinden und mit wem Sie sprechen. Sie glauben wohl, Sie befänden sich auf Ihrem Gut und sprächen mit Ihren Aufsehern oder Sklaven. Ich ermahne Sie, Ihre Sprache zu mäßigen!"
„Genug, mein Herr, lassen wir diese unnützen Streitereien. Ich bin nicht hierhergekommen, um von Ihnen belehrt zu werden. Ich will die Sklavin haben, weiter nichts. Zwingen Sie mich nicht, von meinem Recht Gebrauch zu machen und sie mit Gewalt abzuführen."
Von der Grobheit und Schärfe dieser Herausforderung überrascht, ließ Álvaro jede Vorsicht und Kaltblütigkeit fahren. Er sah nur noch einen Weg, um dieser Lage zu entkommen – seinen Gegner zu töten oder von diesem getötet zu werden. Voller Wut und Verzweiflung sprang er auf von dem Stuhl, auf dem er saß, packte Leôncio am Kragen und schüttelte ihn heftig.
„Henker!" schrie er, „da hast du deine Sklavin! Bevor du sie jedoch mitnimmst, wirst du bezahlen für die Beschimpfungen, mit denen du mich bedacht hast. Oder glaubst du etwa, ich sei auch dein Sklave?"
„Sie sind verrückt geworden, Mann!" rief Leôncio verängstigt. „Die Gesetze unseres Landes verbieten das Duell."
„Was kümmern mich die Gesetze! Einem Ehrenmann bedeutet die Ehre mehr als das Gesetz, und wenn du kein Feigling bist, wie ich glaube . . ."
„Hilfe, man will mich ermorden!" Leôncio befreite sich aus Álvaros Händen und rannte zur Tür. „Schuft!" brüllte Álvaro und verschränkte die Arme mit einem Lächeln voller Zorn und Verachtung.
Vom Lärm angezogen, erschienen in diesem Augenblick auf der einen Seite Isaura und Miguel, auf der anderen der Gerichtsvollzieher und die Polizisten.

Isaura hatte die Ohren gespitzt und gehört, was gesprochen worden war.
Als sie merkte, daß alles verloren war, lief sie herbei, um die irrsinnige Tat zu verhindern, die Álvaro ihretwegen begehen wollte.
„Hier bin ich, Herr" sagte sie nur und stellte sich mit verschränkten Armen vor ihren Herrn.
„Da sind sie! Sie sind es!" rief Leôncio zu den Polizeibeamten. Er deutete auf Isaura und Miguel: „Nehmt sie fest! Nehmt sie fest!"
Álvaro näherte sich Isaura und murmelte mit gebrochener Stimme:
„Geh nur, Isaura, geh. Verliere nicht den Mut; ich werde dich nicht im Stich lassen. Vertraue auf Gott und meine Liebe."
Eine Stunde später erhielt Álvaro in seinem Haus Besuch von Martinho. Flink und frech kam dieser daher, um über seinen Auftrag Bericht zu erstatten und die vereinbarte Summe einzustecken.
„Zehn Contos, ach!" dachte er im Gehen, „ein Vermögen ist das! Jetzt bin ich endlich unabhängig! Adieu, ihr abgenutzten Bänke der Akademie! Adieu, ihr speckigen Bücher, die ich so lange umsonst durchgeblättert habe! Ich werfe euch aus dem Fenster, ich brauche euch nicht mehr; ich bin ein gemachter Mann. Bald bin ich Kapitalist, Bankier, Komtur, Baron, und dann seht ihr schon, wozu ich gut bin!"
Und während er Wucherzinsen und Spekulationsgewinne hochrechnete, verhundertfachte sich die Summe in seiner Vorstellung.
„Mein lieber Herr Álvaro", begann er ohne Vorrede, „es ist alles unseren Wünschen entsprechend geregelt. Sie können mit Ihrer Schönen in Ruhe leben, von nun an wird sie keiner mehr belästigen. Ihr Verhalten in dieser Sache ist wahrhaftig sehr schön und lobenswert gewesen; es ist durchaus eines so großen und gütigen Herzens wie dem Ihren würdig. Hat man

schon einmal eine solche Unverschämtheit gesehen? Ein so süßes und begabtes Mädchen gefangenzuhalten! Hier ist der Brief, den ich diesem Tölpel von einem Sultan schicken werde. Ich binde ihm eine Handvoll Flausen auf, dann verliert er völlig den Überblick."

Während er sprach, faltete Martinho den Brief auf. Er wollte ihn gerade vorlesen, als Álvaro ihn ungeduldig unterbrach. „Nun ist es genug, Herr Martinho", sagte er unwirsch, „die Sache ist bereits geregelt. Ich benötige Ihre Dienste nicht mehr."

„Schon geregelt? Wie ist das möglich?"

„Die Sklavin ist im Besitz ihres Herrn."

„Im Besitz Leôncios! Unmöglich!"

„Doch, das ist die reine Wahrheit; wenn Sie mehr wissen wollen, gehen Sie zur Polizei und fragen Sie nach."

„Und meine zehn Contos?"

„Ich glaube nicht, daß ich Ihnen etwas schulde."

Martinho stieß ein verzweifeltes Brüllen aus und verließ Álvaros Haus.

Seinen kläglichen Seelenzustand zu beschreiben ist eine Aufgabe, die mir nicht liegt; möge sich der Leser selbst ein Bild machen.

Der hungrige Hund hatte, vom Schatten genarrt, das Fleisch fallen lassen, das er schon zwischen den Zähnen hatte, und war leer ausgegangen.

19. KAPITEL

„Sieh zu, wie du da Ordnung schaffst, Rosa. Dieses Mädchen ist wirklich tolpatschig; es taugt zu nichts. Man sieht, daß du nicht fürs Wohnzimmer geboren wurdest; dein Platz ist in der Küche!"

„Schau mal einer an, wer will mir denn da Vorschriften machen? Wer hat dich denn um deine Meinung gebeten, du Naseweis? Dein Platz ist auch nicht hier, sondern im Pferdestall. Geh nur deine Pferde belehren, André, und misch dich nicht in Dinge ein, die dich nichts angehen."
„Halt den Mund, du Kuh", erwiderte André, während er ein paar Stühle verrückte. „Alles, was du kannst, ist schwätzen. Diese Stühle gehören nicht hierhin. Schau dir mal diese Vasen an! Und die Spiegel hast du auch nicht geputzt! Ungeschickt und faul bist du! Zu Isauras Zeiten war hier alles eine Pracht, es war direkt ein Vergnügen, in dieses Zimmer zu kommen. Und jetzt sieht es so aus. Offensichtlich taugst du nicht zu dieser Arbeit."
Rosa war beleidigt. „Wenn du dich nach Isauras Zeiten sehnst, dann geh und hole sie aus der dunklen Kammer, wo sie in Ketten liegt. *Das* Zimmer wird sie sicher nicht mit Blumen geschmückt haben!"
„Halt den Mund, Rosa; sonst landest du selbst dort."
„Ich nicht, ich laufe ja auch nicht davon!"
„Weil du niemanden findest, der dich mitnimmt, sonst würdest du sogar mit dem Teufel abhauen. Arme Isaura! Ein so hübsches und süßes Mädchen wird behandelt wie eine Küchennegerin! Tut sie dir denn gar nicht leid, Rosa?"
„Wieso? Wer hat ihr gesagt, daß sie abhauen soll?"
„Weißt du, Rosa, ich würde gerne die Hälfte ihrer Leiden auf mich nehmen, aber nur, wenn ich es mit ihr zusammen tragen könnte, das ist klar!"
„Das ist nicht weiter schwierig, André; du mußt nur das tun, was sie getan hat. Geh doch wie sie in Pernambuco frische Luft schnappen, dann landest du unweigerlich bei ihr."
„Schön wär's! Wenn ich wüßte, daß man mich mit ihr einsperrt, wäre ich auf und davon. Das Verteufelte ist nur, daß uns die arme Isaura nun für immer verlassen wird. Wie wird sie in diesem Haus fehlen!"

„Wieso denn verlassen?"
„Du wirst schon sehen."
„Hat man sie verkauft?"
„Ach, was, verkauft."
„Verliehen?"
„Auch nicht."
„Hat man sie freigekauft?"
„Du bist aber neugierig! Geduld, Rosa, vielleicht erfährst du die Geschichte heute noch."
„Nun spiel nicht den Geheimnisvollen! Was weißt du denn, das andere nicht wissen dürfen?"
„Es ist kein Geheimnis, Rosa, es ist nur eine Vermutung von mir. Hier im Haus gibt es sehr bald große Neuigkeiten; halt also die Ohren offen!"
An diesem Dialog kann der Leser leicht erkennen, daß wir uns wieder auf Leôncios Gut in Campos befinden, und zwar in dem Raum, in dem Isaura zu Beginn unserer Erzählung ihr Lieblingslied gesungen hatte.
Seitdem Leôncio nach Recife gereist war, um seine Sklavin einzufangen, sind ungefähr zwei Monate vergangen. Leôncio und Malvina haben sich versöhnt und sind am vorhergehenden Tage vom Hof auf das Gut zurückgekehrt. Einige Sklaven, darunter Rosa und André, sind damit beschäftigt, den Staub von den Möbeln und den Boden dieses prunkvollen Salons zu putzen, der stiller Zeuge vieler Familiengeheimnisse war und der während Malvinas Abwesenheit stets verschlossen blieb.
Was mag wohl mit Isaura und Miguel geschehen sein, seitdem sie Pernambuco verlassen haben? Welches Los hat Leôncio für Isaura vorgesehen, was hat er ihr angetan? Wie hat er sich mit seiner Frau versöhnt?
Dies wollen wir nun dem Leser erzählen, bevor wir fortfahren. Leôncio hatte Isaura auf sein Gut gebracht und hielt sie in strenger Haft. Dies tat er nicht nur, um sie zu bestrafen und

sich an ihr zu rächen. Er wußte, wie glühend und rückhaltlos der junge Pernambucaner sich in Isaura verliebt hatte, er hatte die letzten Worte gehört, die Álvaro an die arme Gefangene gerichtet hatte – „Vertraue auf Gott und meine Liebe; ich werde dich nicht im Stich lassen." Das war eine eindeutige Drohung, und Álvaro war reich und verwegen genug, um sie mit Gewalt oder List und Tücke zu verwirklichen. Deswegen hielt Leôncio seine Sklavin nicht nur in einsamer Gefangenschaft, sondern er hatte auch alle seine Sklaven bewaffnet. Diese hatten seitdem nur wenig auf den Feldern gearbeitet und dafür Tag und Nacht wie Garnisonssoldaten über eine Festung gewacht.

Es war nicht nur Liebe, die ihn trieb; es war eine selbstsüchtige Laune, ein rasendes und teuflisches Verlangen nach Rache an ihr und an seinem Rivalen. Er wollte Isaura genießen, und wäre es nur für einen einzigen Tag, um sie dann geschändet und beschmutzt seinem Widersacher zu übergeben und ihm verächtlich zu sagen: „Kommen Sie und kaufen Sie Ihre Geliebte; jetzt bin ich bereit, sie zu verkaufen, und zwar billig."

Wieder begann er sie mit Versprechungen zu verfolgen, mit verführerischen Worten und Schwüren zu bestürmen, denen Drohungen, harte Worte und Gewalt folgten. Was Leôncio von der Folter und der rohen Gewalt abhielt, war nicht sein Unvermögen grausam zu sein, sondern das Wissen um Isauras heroische Tugend. Er wußte, daß er lediglich ihren Tod bewirken würde, und mit ihrem Tod wäre weder seine Sinneslust noch sein Wunsch nach Rache befriedigt gewesen. Er machte sich also daran, neue Pläne zu schmieden. Damit wollte er nicht nur den Stolz der Sklavin mit den Füßen treten, sondern auch Álvaros großzügige Absichten vereiteln und ihn verhöhnen. Überdies sah sich Leôncio gezwungen, mit Malvina Frieden zu schließen. Nicht Schamgefühl oder Moral forderten ihn dazu auf – und noch viel weniger eheliche

Zuneigung –, sondern vielmehr wirtschaftliche Interessen, über die der Leser in Kürze mehr erfahren wird. In dieser Absicht reiste Leôncio also an den Hof und suchte Malvina auf.

Neben all den schlechten Eigenschaften, die er besaß, wußte sich Leôncio der Waffen der Lüge, der Verleumdung und des Betrugs wie ein ausgefeimter Heuchler zu bedienen. Er zeigte sich reumütig und zerknirscht und schwor, durch zukünftiges Wohlverhalten die Erinnerung an seine vergangenen Missetaten auszulöschen. Mit unschuldiger Miene gab er zu, er habe sich für einige Zeit von Isauras Reizen verwirren lassen, dies sei aber nichts weiter als ein vorübergehender Sinnesrausch gewesen, der in seiner Seele keinerlei Spuren hinterlassen habe. Heimtückisch und verleumderisch beschuldigte er die arme Isaura tausenderlei Vergehen. Er behauptete, sie sei eine raffinierte Verführerin und habe sich der subtilsten und hinterlistigsten Mittel bedient, um ihn zu becircen und herauszufordern. Sie habe einzig und allein die Absicht verfolgt, ihre Gunst gegen ihre Freiheit einzutauschen. Leôncio erreichte schließlich, daß Malvina glaubte, Isaura sei von einem Galan, der sie schon seit langer Zeit ohne Wissen ihrer Herrschaften umworben hätte, zur Flucht verführt worden; dieser Galan sei es auch gewesen, der Isauras Vater die Mittel beschafft habe, um sie freizukaufen. Als ihnen dies nicht gelungen sei, hätten sie gemeinsam den Entführungsplan ausgeheckt.

In Recife angekommen, hätte ein ebenso extravaganter wie hirnloser, reicher junger Mann sich in Isaura verliebt und sie zu seiner Geliebten gemacht. Mit ihren Listen sei es ihr gelungen, sich als eine freie Frau auszugeben und ihn derartig zu narren und einzuwickeln, daß der arme Junge kurz davor gewesen sei, sie zu heiraten. Selbst nachdem er erfahren habe, daß sie eine Sklavin sei, habe er nicht von ihr lassen wollen, und hunderterlei Unsinniges und Skandalöses unternommen,

um sie freizukaufen. Aus den Händen dieses jungen Mannes habe er, Leôncio, sie in Recife entrissen.
Malvina war naiv und gutgläubig. Ihr stets zur Nachgiebigkeit neigendes Herz glaubte alles, was Leôncio zu seiner Entschuldigung erfand. Mit seinen Lügen wollte Leôncio seine vergangenen Fehler rechtfertigen und zugleich seine künftigen Pläne vorbereiten. Als gekränkte Ehefrau war Malvina über Isaura erzürnt, als sie ihren Mann dabei überrascht hatte, wie er verliebte Worte an sie richtete. Mit der Zeit hatte sich jedoch ihr Zorn gelegt und hätte sich vollständig aufgelöst, wenn Leôncio nicht die Sklavin mit falschen und verleumderischen Beschuldigungen der niedrigsten Taten bezichtigt hätte. Von diesem Augenblick an empfand Malvina für Isaura zwar keinen Haß, aber doch Abneigung und Verachtung, vermischt mit gerade soviel Mitleid, wie sie für jede andere vorlaute und unartige Sklavin empfand.
Dies genügte Leôncio, um sie als Mitverschwörerin für seinen Bestrafungs- und Racheplan gegen die unselige Sklavin zu gewinnen. Er wußte sehr wohl, daß die gutherzige Malvina niemals grausame Strafen dulden würde; was er jedoch vorhatte, trug nicht den geringsten Anschein von Grausamkeit, obwohl es die erniedrigendste und schmerzlichste Strafe für das Herz einer Frau war, die sich ihrer Schönheit, ihres Edelmuts und ihrer geistigen Überlegenheit bewußt war.
„Was hast du mit Isaura vor?" fragte Malvina.
„Ich werde ihr einen Ehemann und den Freilassungsbrief geben."
„Hast du diesen Ehemann schon gefunden?"
„Herrscht denn etwa Mangel an Ehemännern? Dazu brauche ich nicht einmal aus dem Haus zu gehen."
„Irgendein Sklave, Leôncio? Tu das bitte nicht!"
„Was wäre schon dabei, sofern ich auch den Mann freilassen würde? Gleiches zu Gleichem ergibt Gleiches. Ich habe zunächst an André gedacht. Der guckt sich die Augen nach ihr

aus; aber eben darum möchte ich sie diesem Lumpen nicht geben. Ich habe etwas viel Besseres für sie."

„Wen, Leôncio?"

„Belchior!"

„Belchior!" rief Malvina lachend. „Du machst Witze; im Ernst, wer ist es?"

„Es ist Belchior, Gnädigste; ich meine es ernst."

„Glaubst du wirklich, daß Isaura dieses Scheusal heiraten möchte?"

„Um so schlimmer für sie, wenn sie es nicht will. Dann gebe ich ihr die Freiheit nicht, und sie verbringt den Rest ihres Lebens in Ketten."

„Das ist zu grausam, Leôncio. Was nützt es ihr, wenn du ihr die Freiheit gibst, sie aber ihren Ehemann nicht wählen darf? Gib ihr die Freiheit, Leôncio, und laß sie heiraten, wen sie will."

„Dann wird sie keinen heiraten; sie verschwindet flugs nach Pernambuco und wirft sich dreist in die Arme ihres unverschämten Stutzers, und dann lachen sie noch über mich . . ."

„Was kümmert dich das, Leôncio?" fragte Malvina, inzwischen mißtrauisch geworden.

„Was mich das kümmert? Das ist dasselbe, als ob du mich fragtest, ob ich Ehrgefühl habe. Wenn du wüßtest, wie dieser Einfaltspinsel mich mit seinen gemeinen Beleidigungen provoziert hat, wie er mich herausgefordert hat mit seinen Prahlereien, und gedroht hat, mir Isaura wegzunehmen! Wenn du nicht wärest und wenn meine Mutter es sich nicht so sehr gewünscht hätte, dann würde ich diese Sklavin niemals freilassen. Selbst wenn ich gezwungen wäre, sie wie eine Prinzessin zu behandeln; ich hielte sie einzig und allein gefangen, um diesen schamlosen Angeber zu bestrafen und ihm den Wind aus den Segeln zu nehmen!"

„Also gut, Leôncio. Ich glaube allerdings, daß Isaura sich eher bei lebendigem Leibe verbrennen läßt, als daß sie diesen Belchior heiratet."

„Keine Sorge, meine Liebe, wir werden sie schon eines Besseren belehren. Ich habe bereits einen Plan, und ich hoffe, daß er sie dazu bringen wird, den Gärtner zu heiraten, und zwar mit Freuden."

„Wenn sie einwilligen sollte, habe ich keinerlei Grund, mich dem zu widersetzen."

Leôncio hatte seinen grausamen Plan sehr sorgfältig vorbereitet. Er hatte auch den verhafteten Miguel aus Recife zurückgebracht und ihn in das Gefängnis von Campos sperren lassen. Außerdem erreichte er, daß Isauras Vater zum Ersatz aller Ausgaben und Schäden verurteilt wurde, die ihm, Leôncio, durch Isauras Flucht entstanden waren. Natürlich hatte er eine unverschämt hohe Summe angegeben. So waren dem armen Mann auch noch die letzten Mittel genommen. Zudem schuldete er Leôncio einen ungeheuren Betrag, den er nur in jahrelanger Arbeit würde tilgen können. Da Leôncio reich und mit Ministern befreundet war, halfen ihm die örtlichen Behörden bereitwillig bei seinen Verfolgungen.

Nachdem es ihm nicht gelungen war, Isauras hartnäckigen Widerstand zu besiegen, änderte er seinen Racheplan und suchte Miguel persönlich auf.

„Herr Miguel", sagte er förmlich, „trotz der Ungelegenheiten und des Schadens, den Sie mir verursacht haben, empfinde ich Mitleid für Sie und Ihre Tochter; deswegen möchte ich Ihnen einen Vorschlag machen, wie wir ein für allemal mit der Verwirrung und den Intrigen aufräumen, durch die Ihre Tochter den Frieden meines Hauses und die Ruhe meiner Seele gestört hat."

„Ich bin zu allem bereit, Herr Leôncio", antwortete Miguel respektvoll, „sofern es gerecht und anständig ist."

„Nichts könnte gerechter oder anständiger sein. Ich möchte Ihre Tochter mit einem ehrbaren Mann verheiraten und ihr die Freiheit geben; dazu benötige ich jedoch Ihre Unterstützung."

„Sagen Sie mir, womit ich Ihnen dienen kann."

„Ich weiß, daß Isaura eine gewisse Abneigung gegen die Heirat mit dem Manne haben wird, den ich ihr zunächst zugedacht habe, und zwar wegen der unsinnigen und ausgefallenen Leidenschaft, die sie für diesen niederträchtigen Stutzer in Pernambuco zu hegen scheint. Er hat ihr tausend Flausen in den Kopf gesetzt und ihr die extravagantesten Ideen und verrücktesten Hoffnungen eingeflößt."

„Meiner Meinung nach sollte sie stets in Dankbarkeit an ihn denken . . ."

„Dankbarkeit, ach, was! Glauben Sie etwa, daß er sich viel aus ihr macht? Genausowenig, wie er sich aus dem ersten Schuh macht, den er angehabt hat. Das war lediglich eine Laune, und hier ist der Beweis dafür, lesen Sie nur diesen Brief . . . Dieser Schuft hat die Unverschämtheit, mir einen Brief zu schreiben, als ob nichts zwischen uns gewesen wäre. Wie ein alter Freund teilt er mir mit, daß er verheiratet ist! Was geht mich seine Heirat an? Aber dies ist noch nicht alles; er nutzt die Gelegenheit, um mir auf die unverschämteste Weise zu schreiben, daß ich, sollte ich mich jemals dazu entschließen, mich Isauras zu entledigen, ihm dies unbedingt mitteilen soll; er könne sie sich sehr gut als Dienerin für seine Frau vorstellen! Da sieht man, wie weit Zynismus und Schamlosigkeit reichen können."

„In der Tat, Herr! Es fällt mir schwer, dies von Herrn Álvaro zu glauben."

„Dann überzeugen Sie sich mit eigenen Augen. Lesen Sie; erkennen Sie seine Schrift?"

Leôncio zeigte Miguel einen Brief, auf dem Álvaros Schriftzüge perfekt nachgeahmt waren.

„Das ist seine Schrift, da gibt es keinen Zweifel", sagte Miguel, bestürzt über das, was er soeben gelesen hatte. „Es gibt Gemeinheiten auf der Welt, die man nur schwer verstehen kann."

„Und auch harte Lektionen, die man aber nicht verachten sollte, nicht wahr, Herr Miguel? Also gut, heben Sie diesen Brief auf, zeigen Sie ihn Ihrer Tochter. Sie sollte ihn lesen, damit sie sich nicht länger auf diesen Mann verläßt und wieder klar denken kann. Überzeugen Sie Isaura davon, wie vorteilhaft diese Heirat für sie sein wird. Dann werde ich Ihnen nicht nur alle Schulden erlassen, sondern Ihnen auch noch das zurückerstatten, was Sie mir bereits gegeben haben. Sie können dann hier in Campos ein Geschäft eröffnen und den Rest Ihrer Tage unbesorgt mit Ihrer Tochter und Ihrem Schwiegersohn verbringen."

„Wer ist dieser Schwiegersohn? Sie haben es mir noch nicht gesagt."

„Das ist wahr, ich hatte es vergessen. Es ist Belchior, mein Gärtner, kennen Sie ihn?"

„Ich kenne ihn sehr gut! Ach, Herr! Mit was für einer erbärmlichen Gestalt wollen Sie meine Tochter verheiraten? Arme Isaura! Ich bezweifle, ob sie einwilligen wird."

„Was besagt schon die Gestalt, wenn er nur ein gutes Herz hat?"

„Sie haben recht. Wichtig ist, daß sie es will."

„Ich bin mir sicher, daß sie Ihrem Rat und Ihren Empfehlungen folgen wird."

„Ich werde tun, was ich kann. Dennoch habe ich wenig Hoffnung."

„Wenn sie es nicht will – um so schlimmer für euch beide; dann nehme ich alles zurück, und alles bleibt beim alten."

Miguel war nicht der Mann, der sich gegen sein Schicksal auflehnte. Die ewige Gefangenschaft seiner Tochter und der Gedanke an alle zukünftigen Leiden erfüllte ihn mit tausend Ängsten. Es waren furchteinflößende Schreckensvisionen, die tödliches Entsetzen und lähmende Niedergeschlagenheit in ihm hervorriefen. Dies war auch der Grund, warum er den von Leôncio verlangten Preis nicht allzu hoch fand, würde er doch dafür seine Ängste loswerden und Isaura ihre Freiheit bekommen. Er nahm den Vorschlag an.

20. KAPITEL

Während Rosa und André fröhlich schwatzend die Möbel im Salon abstaubten, ereignete sich in einer dunklen Kammer neben den Sklavenunterkünften eine sehr traurige und schmerzliche Szene. In dieser Kammer saß Isaura nun seit zwei Monaten auf einem Holzblock, der zierliche weiße Fußknöchel war mit einer Kette an der Wand befestigt.
Auf Anordnung Leôncios war Miguel in diese Kammer gebracht worden. Dort sollte er seiner Tochter den Vorschlag ihres Herrn unterbreiten und sie ermahnen, diesen anzunehmen. Die beiden blassen, erschöpften und vom Unglück geschlagenen Kreaturen boten ein trostloses Bild. Als sie sich nun, bedrückter und unglücklicher denn je, nach zwei langen Monaten wiedersahen, begrüßten sie sich nicht mit Worten, sondern mit einer Flut von Tränen unsagbaren Kummers, die sie bei ihrer langen Umarmung an des anderen Brust vergossen.
„Ja, Kind, du mußt dich diesem Opfer fügen. Leider ist das die einzige Möglichkeit, die man uns läßt. Nur unter dieser Bedingung kann ich dir die Türen dieses trostlosen Gefängnisses öffnen. Es ist zweifellos ein grausames Opfer für dein Herz; doch ist es leichter zu ertragen als diese harte Gefangenschaft, durch die man dich töten will."
„Das ist wahr, mein Vater. Mein Henker läßt mir immerhin

die Wahl zwischen zweierlei Joch. Ich weiß jedoch nicht, welches von beiden widerlicher und unerträglicher sein wird. Man sagt, ich sei sehr schön; ich wurde wie eine reiche Erbin erzogen. Man hat mir Selbstschätzung beigebracht, indem man mir weibliches Schamgefühl und Würde nachsagte. Ich bin eine Sklavin, die manch hübsches Mädchen vor Neid erblassen läßt. Ich habe hervorragende körperliche und geistige Gaben; und wozu all das, mein Gott? Damit man es einem erbärmlichen Idioten zum Geschenk macht? Kann es denn einen bittereren Hohn geben?" Ein dumpfes, verkrampftes Lachen kam über Isauras bleiche Lippen und hallte durch die düstere Kammer.

„Es ist nicht ganz so schlimm, wie es in unserer vor Leiden erschütterten Vorstellung erscheint. Die Zeit bewirkt viel, und mit Geduld und Einsicht wird es dir sicherlich gelingen, dich an dieses neue Leben zu gewöhnen. Wir werden dann noch viele, zwar nicht glückliche, aber zumindest ruhigere und friedlichere Tage genießen können."

„Für mich gibt es keinen Frieden außer im Grabe, Vater. Neben den Qualen, unter denen man mich wählen läßt, sehe ich noch einen anderen Ausweg, der mich tröstlich stimmt. Es ist das letzte Mittel, das Gott für die Unglücklichen vorgesehen hat, für deren Leiden es keine Abhilfe mehr gibt. Nur der Tod kann . . ."

„Schweig, Kind! Sag nicht solch gotteslästernde Worte! Ich will, daß du lebst, und ich brauche dich. Hättest du wirklich den Mut, deinen alten Vater allein auf der Welt zu lassen, der Armut und der Schutzlosigkeit ausgeliefert? Wenn ich dich nicht mehr habe, was wird dann aus mir in dieser schrecklichen Lage?"

„Verzeihen Sie mir, mein guter, geliebter Vater; nur im äußersten Falle würde ich ans Sterben denken. Ich weiß, daß ich für meinen Vater leben muß, und das will ich auch; muß ich mich aber deshalb mit einer Ausgeburt verheiraten lassen?

Das ist zuviel! Soll man mich nur einsperren, mit der Hacke in der Hand auf die Felder schicken, barfuß und in billiges Tuch gekleidet, soll man mich nur bestrafen, mich wie die niedrigste Negerin behandeln; aber man erspare mir bitte dieses schmähliche Opfer!"

„Belchior ist nicht so abgrundtief häßlich, wie du ihn in Erinnerung hast; außerdem wirst du dich mit der Zeit an ihn gewöhnen. Du hast ihn schon sehr lange nicht gesehen. Er sieht nicht mehr so grobschlächtig und unangenehm aus. Bestimmt benimmt er sich auch nicht mehr so ungehobelt wie früher. Nur Mut, mein Kind! Wenn du dieses traurige Gefängnis verlassen hast, wird dir die Luft der Freiheit die Freude und die Gelassenheit wiedergeben. Dann kannst du sogar mit diesem Ehemann glücklich werden."

„Glücklich!" rief Isaura mit bitterem Lächeln. „Sprechen Sie mir nicht von Glück, Vater. Wenn mein Herz wenigstens frei wäre, wie früher . . . Wenn ich nur keinen lieben würde! Ach, es wäre nicht nötig, daß er mich liebt. Es würde genügen, wenn er mich zur Sklavin nähme, dieser Mensch voller Güte, der sich umsonst bemühte, mich diesem Abgrund zu entreißen. Um wieviel glücklicher wäre ich. Ob ich wohl noch an ihn denken darf? Ist es möglich, daß dieser edle, reiche und vornehme Mann sich noch an mich erinnert?"

„Mein Kind, denk nicht mehr an diesen Mann. Verbanne diese irrsinnige Liebe aus deinen Gedanken, ich bitte dich darum."

„Warum? Wie könnte ich?"

„Du sollst nicht mehr auf ihn zählen und viel weniger noch mit seiner Liebe rechnen."

„Weshalb? Hat er mich etwa vergessen?"

„Dein niedriger Stand gestattet es nicht, daß du eine so hochgestellte Persönlichkeit mit den Augen der Liebe anblickst; ein Abgrund trennt dich von ihm. Seine Liebe war nichts als eine kurzfristige Laune, die Träumerei eines Edel-

mannes. Es fällt mir schwer, dir dies zu sagen, Isaura, aber es ist die reine Wahrheit."
„Ach, Vater, was sagen Sie da? Wenn Sie wüßten, wie mir diese Worte wehtun! Lassen Sie mir wenigstens den Trost zu glauben, daß er mich geliebt hat und noch immer liebt. Warum sollte er eine arme Sklavin täuschen?"
„Diesen zusätzlichen Kummer hätte ich dir gerne erspart, aber nun sollst du alles wissen. Dieser junge Mann . . . ach, mein Kind, bereite dein Herz auf einen weiteren grausamen Schlag vor!"
„Was ist mit ihm?" Isaura war verängstigt.
„Sprich, Vater, ist er vielleicht gestorben?"
„Nein, aber er hat geheiratet."
„Geheiratet! Álvaro hat geheiratet! Das ist nicht möglich! Wer hat Ihnen das gesagt, mein Vater?"
„Er selbst, Isaura; lies diesen Brief."
Isaura nahm mit zitternder Hand den Brief entgegen und überflog ihn. Als sie zu Ende gelesen hatte, kam kein Klagen über ihre Lippen, kein Schluchzer, und sie vergoß auch keine Träne. Totenblaß, mit aufgerissenen Augen und halbgeöffnetem Mund verharrte sie lange Zeit stumm und unbeweglich. Dann warf sie sich mit einer jähen Bewegung an die Brust ihres Vaters und vergoß ein Strom von Tränen. Die Tränenflut erleichterte sie; sie hob den Kopf, trocknete sich die Augen und war wieder ruhig. Doch ihre Seele schien durch die Gewalt dieser niederschmetternden Nachricht vernichtet.
„Ich bin tot, mein Vater! Nun ist es gleichgültig, was man mir antut."
Dies waren die letzten Worte, die sie mit düsterer, kaum wahrnehmbarer Stimme in jenem finsteren Raum sprach.
„Komm, mein Kind", sagte Miguel und küßte sie auf die Stirn. „Sei nicht mutlos! Ich habe Hoffnung, daß du leben und glücklich sein wirst."
Miguels Herz war gut und empfindsam, aber große Leiden-

schaften waren ihm vollkommen fremd. Daher konnte er das Ausmaß des Opfers, das er von seiner Tochter verlangte, nicht ermessen. Seine Auffassung von Glück orientierte sich eher an den pragmatischen und materiellen Bedürfnissen des Lebens und nicht an den Freuden des Herzens. Somit hegte er die Hoffnung, daß auch Isaura noch glücklichere und friedlichere Tage erleben könne. Er wollte, daß sie lebte. Die Vorstellung, daß diese schmähliche Verbindung nach all dem Martyrium, das Isaura hatte erleiden müssen, ihrem Dasein ein Ende bereiten und ihre Leiden verkürzen würde, bereitete ihm Kummer.

Malvina wartete im Salon auf das Ergebnis des Gesprächs zwischen Miguel und seiner Tochter. Rosa und André standen mit verschränkten Armen an der Eingangstür.

Malvinas Herz verkrampfte sich, als sie sah, wie Isaura blaß und mitgenommen am Arm ihres Vaters mit unsicheren Schritten den Salon betrat.

Dennoch war die arme Gefangene schön. Die Magerkeit ließ die Konturen ihres Gesichts hervortreten, unterstrich die Reinheit und strenge Kraft ihrer klassisch schönen Züge. Die großen schwarzen Augen waren getrübt von einem melancholischen Licht.

„Das ist Isaura? Mein Gott!“ murmelte Malvina, als sie das Mädchen sah.

Sie war kurz davor, ihren Mann um Gnade für das arme Ding zu bitten, erinnerte sich jedoch an die Machenschaften, derer Leôncio sie heimtückisch bezichtigt hatte. Deshalb bemühte sie sich, so ungerührt wie nur möglich zu erscheinen.

„Nun, Isaura?“ sagte Malvina sanft, „hast du deinen Entschluß schon gefaßt? Bist du bereit, den Mann zu heiraten, den wir dir zugedacht haben?“

Als Antwort neigte Isaura den Kopf und senkte die Augen zu Boden.

„Ja, Herrin", antwortete Miguel für sie, „Isaura ist bereit, sich Ihrem Wunsch zu fügen."
„Sie tut sehr gut daran. Es ist unmöglich, daß sie noch länger dieser grausamen Behandlung ausgesetzt wird. Das kann ich nicht zulassen, solange ich mich in diesem Hause befinde. Nicht dafür hat ihre verstorbene Herrin sie so liebevoll großgezogen. Isaura, trotz deiner Entgleisung habe ich dich noch immer gern. Wir werden dir gleichzeitig die Freiheit und einen ausgezeichneten Ehemann geben."
Ausgezeichnet, mein Gott! Was für ein Hohn, dachte Isaura.
„Belchior ist ein guter Mann, harmlos, friedfertig und tüchtig; ich glaube, daß du dich sehr gut mit ihm verstehen wirst. Außerdem ist für die Freiheit kein Opfer zu groß, nicht wahr, Isaura?"
„So ist es, meine Herrin. Wenn Sie es so wollen, dann werde ich mich demütig meinem Schicksal unterwerfen."
„Man holt mich aus dem Kerker", fuhr sie zu sich selbst fort, „um mich auf die Folterbank zu führen."
„Sehr gut, Isaura. Ich sehe, daß du ein vernünftiges Mädchen bist. André, hol Herrn Belchior. Ich selbst möchte das Vergnügen haben, ihm die Erfüllung seines langgehegten Traumes anzukündigen. Mir scheint, daß auch Herr Miguel nicht unzufrieden mit dieser Lösung sein wird. Das ist doch immerhin etwas, der Gefangenschaft zu entkommen und einen weißen freien Mann zu heiraten! Isaura, um dir zu beweisen, wie gut ich es mit dir meine, möchte ich Trauzeuge sein. Die Hochzeit wird deinen Leiden ein Ende machen und Frieden und Freude in dieses Haus zurückbringen."
Als sie das gesagt hatte, öffnete Malvina ein Schmuckkästchen, das auf dem Tisch stand, und holte daraus eine prächtige Goldkette hervor, die sie Isaura um den Hals legte.
„Nimm dies, Isaura", sagte sie, „dies ist mein Verlobungsgeschenk für dich."
„Vielen Dank, meine gute Herrin", sagte Isaura und fügte in

ihrem Herzen hinzu: Das ist der Strick, den der Henker seinem Opfer um den Hals legt.
Im gleichen Augenblick trat Belchior in Begleitung Andrés ein.
„Hier bin ich, meine Herrin“, sagte er, „was wünschen Sie von dem geringsten Ihrer Diener?“
„Ich möchte Sie beglückwünschen, Herr Belchior“, antwortete Malvina.
„Beglückwünschen? Ich weiß nicht, wozu?“
„Ich werde es Ihnen sagen: Isaura wird frei sein, und . . . den Rest dürfen Sie erraten.“
„Und dann geht sie sicherlich weg. So ein Unglück!“
„Ich sehe schon, Sie erraten es nicht. Isaura ist entschlossen, Sie zu heiraten.“
„Was sagen Sie da, Herrin? Verzeihung, ich kann es nicht glauben. Sie machen sich über mich lustig . . .“
„Ich sage Ihnen die Wahrheit; Isaura kann es bezeugen. Machen Sie sich bereit, Herr Belchior. Morgen noch wird die Heirat hier in diesem Hause stattfinden.“
„Oh, meine Herrin!“ rief Belchior. Er warf sich zu Malvinas Füßen und versuchte, diese zu küssen.
„Stehen Sie auf, Herr Belchior; nicht mir, sondern Isaura müssen Sie danken.“
Belchior erhob sich und ließ sich behende vor Isaura auf die Knie.
„Ach, Prinzessin meines Herzens!“ Er hielt die Beine der armen Sklavin umfangen und riß die geschwächte Isaura mit seiner heftigen Umklammerung fast zu Boden. Die Situation glich einer Groteske, wüßte man nicht, wieviel Tragik und Kummer sich dahinter verbargen.
„Isaura! Siehst du mich nicht an? Sieh ihn an, sieh diesen deinen Anbeter an, der heute mehr als ein Prinz ist . . . gib mir deine Hände, laß sie mich verschlingen mit Küssen . . .“
„Mein Gott! Welch abscheuliche Rolle ich spielen muß!“

murmelte Isaura zu sich selbst. Sie wandte ihr Gesicht ab und überließ Belchior ihre Hand. Dieser war außer sich vor Begeisterung und schluchzte wie ein Kind.
„Sieh mal, was für ein Trottel!" sagte André zu Rosa. Beide standen abseits und genossen die tragikomische Szene.
„Da soll mir noch einer sagen, daß dies nicht Perlen vor die Säue werfen ist!"
„Neidhammel! Du wärst gerne an seiner Stelle, deswegen rümpfst du die Nase. Da hast du es, geschieht dir recht! Jetzt fehlte nur noch, daß man dich als Mitgift gibt."
„Das würde mir passen! Ich wette, daß Isaura nicht freiwillig heiratet. Wir würden uns schon irgendwie arrangieren . . . Ich würde den Ehemann ganz schön hereinlegen!"
„Laß das, du Dummkopf! Glaubst du etwa, Isaura macht sich etwas aus dir?"
„Nur nicht auftrumpfen, meine Rosa! Jetzt bleibt mir nichts anderes übrig, als mich mit dir zufriedenzugeben; im Grunde bist du ja auch nicht übel, und . . ., was in den Topf fällt, wird gekocht."
„Das ist gemein! Steck den Korb ein und tröste dich, mit wem du willst. Mit mir jedenfalls nicht!"

21. KAPITEL

„Nun, Leôncio", sagte Malvina am nächsten Morgen zu ihrem Mann, „hast du schon alles Nötige veranlaßt, damit wir diese Sache noch heute erledigen können?"
„Das ist wohl das hundertste Mal, daß du mich fragst, Malvina", erwiderte Leôncio lächelnd. „Und zum hundertsten Mal antworte ich dir hiermit, daß ich bereits alles veranlaßt habe, was mir obliegt. Gestern noch habe ich einen Boten nach

Campos geschickt. In Kürze wird der Notar hier erscheinen, um in aller Form Isauras Freilassungsbrief auszustellen. Bald wird auch der Pfarrer kommen, um die Ehe zu schließen. Wie du siehst, habe ich nichts vergessen. Seht zu, daß ihr alle fertig seid; und du, Malvina, laß gleich die Kapelle für die Hochzeit vorbereiten, die du dir sehnlicher herbeizuwünschen scheinst als deine eigene", fügte er lächelnd hinzu.

Malvina verließ den Salon und ließ Leôncio mit einem Mann namens Jorge zurück, dessen Bekanntschaft der Leser noch nicht gemacht hat. Die Behauptung, er sei ein Schmarotzer, sagt nur wenig über ihn aus.

Er war ein gutaussehender, geistreicher, dienstbeflissener und freundlicher Mann; dies sind unabdingbare Eigenschaften für einen Schmarotzer. Jorge lebte nicht nur vom Saft eines Baumes, nein, er wanderte von einem zum nächsten. Dies ermöglichte ihm ein abwechslungsreiches und amüsantes Leben. Kein Gutsbesitzer am Ufer des Paraíba-Flusses, von São João da Barra bis São Fidélis, den er nicht kannte; zu allen von ihnen unterhielt er freundschaftliche Beziehungen. Glaubte man seinen Worten, so hatte er immerzu alle Hände voll zu tun und tausenderlei wichtige Geschäfte zu besorgen; er war jedoch stets bereit, auf diese vielfältigen Pflichten zu verzichten, um der Einladung irgendeines Freundes zu folgen. Während der einsamen Zeit, die auf den Bruch mit Malvina folgte, war Jorge für Leôncio eine willkommene Abwechslung gewesen, wann auch immer sich dieser auf dem Gut aufhielt. Er diente ihm nicht nur bei Tisch als Gesellschaft, sondern auch beim Spiel und bei der Jagd. Jorge unterhielt ihn mit vergnüglichen und anstößigen Anekdoten, applaudierte seinen wunderlichen Einfällen und Extravaganzen und schmeichelte seinen miesen Leidenschaften. Leôncio, der ihn für einen wahren Freund hielt, machte ihn zu seinem Vertrauten und verriet ihm seine geheimsten Gedanken, seine widerwärtigen Pläne und die vertraulichsten Familienangelegenheiten.

Um Leôncios grausame und verabscheuungswürdige Absichten, seine satanischen Machenschaften bis in ihre verborgensten Winkel begreifen zu können, wollen wir uns nun ein vertrauliches Gespräch zwischen diesen beiden einander so ebenbürtigen Wesen anhören.

„Endlich, Jorge, ist es mir gelungen, ein sinnvolles und sicheres Mittel zu finden, um alle Schwierigkeiten aus dem Weg zu räumen. Danach wird alles im Lot sein."

„Das wird dir gewiß gelingen, und deshalb möchte ich dich schon im voraus zu deinem Erfolg beglückwünschen."

„Hör zu! Durch diese Heirat befriedige ich den Wunsch meiner Frau, ohne daß mir Isaura vollständig entkommt. Da ihr Vater mit Haut und Haar von mir abhängig ist, werde ich diesen dämlichen Gärtner schon an mich zu binden wissen, und dann . . . du weißt sehr wohl, daß Zeit und Geduld die wildesten Raubtiere zähmen. Mittlerweile bekommt diese vermessene Sklavin die Strafe, die sie für ihre unsägliche Verstocktheit verdient. Diesen Schritt mußte ich unbedingt tun, da meine Frau sich hartnäckig weigerte, sich mit mir zu versöhnen, solange ich Isaura gefangenhielt. Zwar handelt es sich dabei nur um eine weibliche Laune, die mich recht wenig kümmern würde, wenn . . . dies sage ich dir ganz unter uns, mein Freund; ich vertraue auf deine Verschwiegenheit."

„Du kannst unbesorgt sprechen, ich kann schweigen wie ein Grab, wenn es sich um die Geheimnisse eines Freundes handelt."

„Also gut; wie ich soeben sagte, würden mich die Launen und Verstimmungen meiner Frau recht wenig kümmern, wenn sich nicht meine Geschäfte bedauerlicherweise in völliger Unordnung befänden. Infolge einer unzähligen Reihe von Umständen, die ich jetzt wohl unerläutert lassen darf, wird mein Vermögen von einem entsetzlichen Schlag bedroht, von dem ich mich wahrscheinlich ohne fremde Hilfe nicht mehr erholen kann. Mein Schwiegervater ist der einzige, der mir mit Hilfe seines Geldes oder Kredits noch helfen kann, den drohenden Zusammenbruch abzuwenden."

„Du handelst wahrhaftig mit außerordentlicher Klugheit und Voraussicht. Ach, dein Schwiegervater! . . . ich kenne ihn sehr gut; sein Vermögen ist solide, und sein Ruf als Geschäftsmann ist makellos; er wird dich nicht im Stich lassen. Er liebt seine Tochter mit Hingabe und wird ihren Mann nicht ruiniert sehen wollen."

„Dessen bin ich mir sicher. Das ist jedoch noch nicht alles; hör mir noch ein wenig zu, Jorge. Mein Rivale, dieser Herr Álvaro, der meine Isaura so sehr zur Freundin begehrte, daß er nicht zögerte, sie zu verführen, zu verbergen und sie schamlos in aller Öffentlichkeit in Recife zu beschützen, dieser lächerliche Kämpfer für die Freiheit fremder Sklaven, der schwor, mir Isaura um jeden Preis abspenstig zu machen, wird nun ein für allemal sein törichtes Vorhaben aufgeben müssen. Siehst du nun, Jorge, wie viele Vorteile sich aus dieser schlichten Heirat ergeben?"

„Ein bewundernswerter Plan, Leôncio!" rief Jorge in übertriebenem Ton. „Du bist klug, scharfsinnig und erfindungsreich! Würdest du dich der Politik widmen, ich versichere dir, du wärst ein ausgezeichneter Staatsmann. Dieser neuartige Don Quixote, diese Stütze fremder Sklavinnen – sofern sie hübsch sind –, wird nur mehr Windmühlen als Gegner vorfinden. Wie werden wir uns über seine Enttäuschung amüsieren, wenn er es sich einfallen lassen sollte, sein burleskes Abenteuer fortzuführen!"

„Ich glaube kaum, daß er so dumm sein wird; sollte er jedoch hier erscheinen, würden wir ihn schön verhöhnen!"

„Mein Herr", sagte André und betrat den Salon, „an der Tür sind einige Herren zu Pferde, die um Ihre Erlaubnis bitten, eintreten zu dürfen."

„Ach, ich weiß schon", sagte Leôncio, „es sind die Leute, die ich rufen ließ: der Vikar, der Notar und noch ein paar andere . . . Sehr gut! Nun fehlt uns nichts mehr. Sie sind schneller gekommen, als ich erwartete. Laß sie absteigen und hereinkommen, André."

André geht hinaus, Leôncio schellt, Rosa tritt ein.

„Rosa", sagt Leôncio, „hole Dona Malvina, Isaura und Herrn Miguel und Belchior. Sie werden schon bereit sein; ihre Anwesenheit wird sofort hier benötigt."

„Ich brenne darauf, das Ende dieser Farce zu sehen", wandte sich Leôncio seinem Freund zu, „ich möchte jedoch, daß es pompös und feierlich dabei zugeht. Malvina glaubt dann, daß ich ihre Laune mit großem Vergnügen erfülle. Doch – und dies bleibt unter uns – ist diese Heirat nicht mehr als eine Posse. Ich bin mir ganz sicher, daß Isaura diesen erbärmlichen Idioten, der nur auf dem Papier ihr Ehemann sein wird, aus tiefster Seele verachtet. Mittlerweile warte ich auf bessere Zeiten und darauf, daß mein Plan den gewünschten Erfolg bringt."

„Ich für meinen Teil zweifle nicht im geringsten an dem positiven Ergebnis eines so brillant ausgeklügelten Planes."

Kaum hatte Jorge diese Worte gesprochen, erschien an der Tür des Salons ein gutaussehender junger Mann, in eleganter Reisekleidung, begleitet von drei oder vier Personen. Leôncio eilte schon zu ihrer Begrüßung, als er plötzlich innehielt.

„Oh! Es sind nicht die Leute, die ich erwartet habe! Wenn ich mich nicht irre, ist es . . . Álvaro!"

„Herr Leôncio", sagte der junge Mann zur Begrüßung.

„Herr Álvaro", erwiderte Leôncio, „denn Sie sind es wohl, der mein Haus beehrt."

„Jawohl, ich bin es; Ihr Diener!"

„Ach, das freut mich aber . . . Ich hatte Sie nicht erwartet . . . Bitte nehmen Sie Platz . . . Machen Sie einen Ausflug in unsere südlichen Provinzen?"

Solche Banalitäten äußerte Leôncio, während er versuchte, sich von der Verwirrung zu erholen, die das unerwartete Erschei-

nen Álvaros in diesem kritischen und feierlichen Augenblick in ihm hervorrief.
In diesem Moment traten Malvina, Isaura, Miguel und Belchior durch eine Innentür in den Salon. Sie trugen bereits die geeignete Kleidung für die Hochzeitszeremonie.
„Mein Gott! Was sehe ich?" murmelte Isaura. Sie schüttelte Miguels Arm mit großer Heftigkeit. „Sollte ich mich täuschen? Nein; er ist es."
„Er ist es wirklich! . . . Gott! Wie ist das möglich?"
„Oh!" rief Isaura, und dieser schlichte Ausruf, den sie wie einen Seufzer von sich gab, drückte die Erleichterung aus, einem Strudel von Ängsten entkommen zu sein, in dem ihr Herz gefangen gewesen war. Wer sie aufmerksam aus der Nähe betrachtet hätte, dem wäre eine leichte Röte auf ihrem von Kummer und Leid gezeichneten Gesicht nicht entgangen; es war das Aufschimmern einer Hoffnung, deren erste schüchterne Strahlen ihr Gesicht erhellten.
„Ich hatte nicht mit der Ehre gerechnet, Sie heute in diesem Haus empfangen zu dürfen, das Sie bitte als das Ihre betrachten wollen", fuhr Leôncio fort, der allmählich seine Kaltblütigkeit und Arroganz wiedergewann. „Sie werden mir gestatten, Ihnen und mir zu diesem äußerst opportunen Besuch zu gratulieren. Daß Sie heute hier ankommen, erscheint mir wie ein gutes Vorzeichen, ja, eine glückliche Fügung!"
„Tatsächlich? Das freut mich aber sehr . . . Würden Sie so freundlich sein, mir zu sagen, warum?"
„Sehr gerne. Sie müssen wissen, daß Ihr Schützling, diese Sklavin, für die Sie sich in Pernambuco so sehr eingesetzt haben, heute noch freigelassen und mit einem ehrenhaften Mann verheiratet wird. Sie sind gerade rechtzeitig gekommen, um mit eigenen Augen die Erfüllung Ihrer philanthropischen Wünsche zu sehen, die Sie dieser Sklavin gegenüber hegten. Es wäre mir eine große Freude, wenn Sie dieser

Zeremonie beiwohnen würden, die durch Ihre Anwesenheit um so feierlicher wird."

„Und wer läßt sie frei?" fragte Álvaro mit sardonischem Lächeln.

„Wer? Ich, ihr rechtmäßiger Eigentümer!" antwortete Leôncio mit stolzer Sicherheit.

„Dazu haben Sie nicht das Recht", sagte Álvaro mit fester Stimme. „Diese Sklavin gehört Ihnen nicht mehr."

„Sie gehört mir nicht mehr?" brüllte Leôncio aufspringend. „Phantasieren oder spotten Sie?"

„Weder das eine noch das andere", erwiderte Álvaro seelenruhig. „Ich wiederhole: Diese Sklavin gehört Ihnen nicht mehr."

„Und wer wagt es, mich meiner Rechte über sie zu berauben?"

„Ihre Gläubiger, mein Herr", antwortete Álvaro mit der gleichen Festigkeit und Kaltblütigkeit. „Dieses Gut mit allen seinen Sklaven, dieses Haus mit seinen wertvollen Möbeln, Ihr Geschirr, all dies gehört Ihnen nicht mehr; von heute an dürfen Sie nicht einmal über den unbedeutendsten Gegenstand verfügen. Sehen Sie", fuhr er fort und zeigte Leôncio ein Bündel Papiere, „hier habe ich Ihr gesamtes Vermögen. Ihre Schulden übertreffen bei weitem Ihren ganzen Besitz; Ihr Ruin ist vollständig und unabwendbar; die Zwangsvollstreckung Ihrer Habe wird Ihnen sogleich angekündigt."

Auf eine Geste Álvaros hin legte der Gerichtsschreiber, der ihn begleitete, Leôncio den Arrest- und Zwangsvollstreckungsbefehl vor. Dieser riß das Papier mit zitternder Hand an sich und überflog es mit zornsprühenden Augen.

„Wie?" rief er. „Erledigt man denn solche Dinge mit solcher Härte und Hast? Gewährt man mir keinen Aufschub, damit ich meine Ehre und meinen Besitz retten kann?"

„Ihre Gläubiger waren schon so nachgiebig und geduldig, wie

nur möglich. Außerdem sollen Sie wissen, daß ich nun Ihr Hauptgläubiger bin, sogar Ihr Alleingläubiger. Sämtliche Schuldtitel gegen Sie gehören jetzt mir, und fast alle befinden sich bereits in meinen Händen, und mir ist keineswegs nach Übereinkünften oder Aufschüben zumute. Was Sie tun müssen, ist, Ihre gesamte Habe zu Inventar zu geben, weiter nichts: Jeder Versuch, dem auszuweichen, ist zwecklos."
„Verflucht!" brüllte Leôncio, stampfte mit dem Fuß auf dem Boden und raufte sich die Haare.
„Mein Gott! Mein Gott, was für ein Unglück! Und was für . . . eine Schande!" rief Malvina aufschluchzend.

22. KAPITEL

Unterbrechen wir für einen Augenblick die Szene im letzten Kapitel und den Dialog zwischen den beiden Männern. Lassen wir sie Auge in Auge miteinander, der stolze und siegreiche Löwe vor dem gefährlichen und heimtückischen Tiger, der vergebens unter den Krallen seines mächtigen Gegners knurrt. Nun gilt es zu erläutern, welche Kette von Umständen Álvaro in das Haus von Isauras Herrn führte, um dessen grausame Pläne just in dem Augenblick zu vereiteln, da sie endlich ausgeführt werden sollten.
Nachdem Isaura ihm entrissen worden war, verfiel Álvaro in tiefe, bittere Mutlosigkeit.
Verspottet und erniedrigt von einem arroganten, unverschämten Sklavenhalter, überließ er sich finsterer Verzweiflung. Sobald Dr. Geraldo von Álvaros Unglück erfuhr, eilte er seinem vom Schicksal so hart getroffenen Freund zur Hilfe. Dank der Bemühungen und Ratschläge dieses so umsichtigen wie intelligenten Freundes faßte sich Álvaro allmählich.

Geraldos Ermahnungen brachten Álvaro sogar zu der Überzeugung, daß er unter den schwierigen Umständen am besten daran täte, Isaura zu vergessen.
„Jede Bemühung deinerseits", sagte Geraldo, „zugunsten von Isauras Freiheit ist ein ausgemachter Irrsinn; das einzige Ergebnis wird sein, daß du in neue Schwierigkeiten gerätst und dich der Lächerlichkeit und der Schande preisgibst. Du hast schon zwei schwere Enttäuschungen erlitten, die eine auf dem Ball und nun diese letzte, die noch viel trauriger war. Du hast dich beinahe zum Angeklagten gemacht, als du eine Sklavin ihrem rechtmäßigen Herrn streitig machen wolltest. Nun denn, die nächsten Enttäuschungen werden noch schlimmer sein und dich von Abgrund zu Abgrund rollen lassen, bis ins endgültige Verderben, das versichere ich dir."
Álvaro bemühte sich, diesen und vielen anderen Überlegungen Geraldos Gehör zu schenken und auf seine Liebe und auf alle wohlgemeinten Absichten gegenüber Isaura zu verzichten. Nachdem er einen ganzen Monat mit sich selbst gerungen hatte, wurde Álvaro schwach und begriff, daß ein solcher Versuch einen aussichtslosen Kampf gegen die allmächtigen Kräfte des Schicksals darstellte. Vergebens wollte er das Bild der lieblichen Gefangenen aus seinem Gedächtnis löschen, indem er abwechselnd seinen Geist mit ernsthaften Dingen beschäftigte und den frivolen Vergnügungen der Gesellschaft frönte. Stets erschien sie in seinen Träumen und Wunschvorstellungen, strahlend vor Schönheit und Grazie, anmutig und verführerisch wie in der Ballnacht, dann wieder blaß und niedergeschlagen, und ihre flehenden Augen schienen ihm zu sagen:
„Verlaß mich nicht; nur du kannst die Ketten brechen, die mich unterdrücken."
Álvaro gelangte schließlich zu der tiefen und unerschütterlichen Überzeugung, daß der Himmel eine hehre Absicht verfolgt hatte, als er sein Schicksal mit dem der zauberhaften und

unglücklichen Sklavin verband. Er glaubte zu erkennen, daß er für den edlen und großzügigen Auftrag ausersehen sei, Isaura von der Sklaverei zu befreien und ihr den Platz in der Gesellschaft zu verschaffen, den sie aufgrund ihrer Schönheit und Tugend verdiente.

Er beschloß also, seinen großherzigen Versuch, sie zu befreien, fortzuführen.

Álvaro machte sich auf den Weg nach Rio de Janeiro. Er reiste auf Geratewohl ab, ohne festen Plan und ohne genau zu wissen, was zu tun sei, um ans Ziel zu gelangen. Lediglich eine vage Vorahnung sagte ihm, daß er sein Vorhaben verwirklichen könne. Zunächst wollte er sich in der Nachbarschaft Leôncios niederlassen, um herauszufinden, ob es eine Möglichkeit gäbe, ihn zur Herausgabe Isauras zu zwingen.

Er landete am Hofe mit der Absicht, sich in Kürze nach Campos zu begeben. Vor seiner Weiterreise suchte er bei Geschäftsleuten wichtige Informationen über Leôncio einzuholen.

„Diesen Kerl kenne ich sehr gut", sagte der erste Geschäftsmann, an den sich Álvaro wandte; „er ist in Konkurs gegangen und vollkommen ruiniert. Wenn Sie ebenfalls einer seiner Gläubiger sind, dann sehen Sie sich vor, denn den anderen Genossen brennt die Sache schon unter den Nägeln. Wenn alles gutgeht, wird es ihm kaum möglich sein, jedem Gläubiger fünfzig Prozent seiner Forderung zu erstatten."

Diese Enthüllung war für Álvaro wie ein Blitz, der die stürmische Nacht erhellt und dem verirrten Wanderer plötzlich die langgesuchte, gastfreundliche Herberge vor Augen führt.

„Zählen Sie vielleicht auch zu den Gläubigern dieses Gutsbesitzers?"

„Leider, und zudem noch zu den größten . . ."

„Wieviel, schätzen Sie, beträgt das Vermögen dieses Leôncio?"

„Im Augenblick wohl weniger als gar nichts, denn wie ich

Ihnen bereits sagte, betragen seine Schulden in etwa das Doppelte von dem, was er ingesamt besitzt."

„Und diese Schulden, wie hoch werden sie in etwa eingeschätzt?"

„Man schätzt, daß sie in etwa zwischen vier- und fünfhundert Contos liegen, während das Gut in Campos, mit Sklaven und allem Zubehör, wohl nicht viel mehr als zweihundert wert ist. Wir haben uns diesem Gutsbesitzer gegenüber so rücksichtsvoll wie nur möglich benommen und ihm mehr Aufschübe gewährt, als das Gesetz es erlaubt. Nun sind wir entschlossen, ihm einen Vollstreckungsbefehl vorzulegen."

„Und wer sind die anderen Gläubiger? Würden Sie so freundlich sein, sie mir zu nennen?"

„Warum denn nicht?" Er nannte Álvaro die Namen und Adressen.

In der Tat hatten sich die Geschäfte Leôncios schon während der letzten Lebensjahre seines Vaters ständig rückläufig entwickelt und sich allmählich aufgelöst. Der alte Komtur hatte sich im letzten Lebensviertel Ausschweifungen und Lastern hingegeben, wie sie nicht einmal in der Jugend entschuldbar sind. Er lebte ständig am Hofe und vernachlässigte fast gänzlich die Verwaltung seines Gutes. Auf diese Weise hatte er einen nicht unbeträchtlichen Teil seines Vermögens verschwendet. Durch mangelhafte Verwaltung fielen nicht nur die Ernten viel magerer aus, und auch die Anzahl der Sklaven verringerte sich allmählich durch Todesfälle und häufige Fluchten. Sowohl der Komtur als auch sein Sohn ersetzten diese Sklaven einfach durch neue, die sie gegen Ratenzahlungen erwarben. Dadurch wuchs die Schuldenlast stetig an. Nach dem Tode des Komturs wurde die Lage noch schlimmer. Leôncio, über dessen Erziehung und Veranlagung wir Bescheid wissen, war der am wenigsten geeignete Mann für die Führung eines so großen landwirtschaftlichen Unternehmens.

Seine Launen und Extravaganzen, zu guter Letzt auch seine verhängnisvolle und unsinnige Leidenschaft für Isaura, ließen ihn vollends den Kopf verlieren, sich in immer ruinösere Ausgaben stürzen, bar jeder Berechnung und Vorsicht. Die enormen Kosten, die ihm Isauras Flucht verursacht hatte, als er sie in allen Ecken des Kaiserreichs hatte suchen lassen, taten ein übriges, um seinen Ruin zu vervollständigen. Binnen kurzer Zeit war der junge Gutsbesitzer gänzlich zahlungsunfähig und hatte keinen roten Heller mehr in der Kasse; dafür befanden sich unzählige zu Protest gegangene Wechsel in den Taschen seiner Gläubiger. Als diese endlich aufwachten und sich daran erinnerten, einen Konkursantrag gegen ihn zu stellen und die Zwangsvollstreckung zu erwirken, mußten sie einsehen, daß er kaum die Hälfte ihrer Forderungen würde erfüllen können. Dies ließ sie die Vollstreckung mit größter Ungeduld vorantreiben, bevor der Schaden sich noch mehrte.

Nachdem Álvaro sich mit Leôncios Gläubigern verständigt hatte, schlug er ihnen vor, ihre gesamten Schuldtitel für die Hälfte ihres Werts abzukaufen. Um jeglichem Mißfallen wegen seines Verhaltens vorzubeugen, erklärte er ihnen, daß er keinerlei Absicht habe, den unseligen Gutsbesitzer zu demütigen oder unter Druck zu setzen, ganz im Gegenteil, er wolle ihn vor der Schande einer harten gerichtlichen Zwangsvollstreckung und vor dem vollständigen Elend bewahren. In der Tat hatte Álvaro trotz des Widerwillens und der Verachtung, die Leôncio in ihm hervorrief, nicht die Absicht, die ihm zufällig in die Hände geratenen Mittel bis zum letzten auszunützen, um Rache zu nehmen. Er war zehnmal reicher als sein Gegner, und hätte gerne einen freundschaftlichen Vertrag mit diesem geschlossen und ihm für Isauras Freiheit doppelt soviel bezahlt, wie Leôncio insgesamt besaß.

Nun hatte das Schicksal das ganze Vermögen seines launenhaften, arroganten und seelenlosen Rivalen in seine Hände gelegt; dennoch wollte Álvaro, stets großmütig, ihn nicht gänzlich der Misere überlassen.

Die Gläubiger zögerten keinen Augenblick, das Angebot anzunehmen. Mit Recht zogen sie es vor, die Hälfte ihrer Forderungen auf leichtem und schnellem Wege in Bargeld befriedigt zu sehen, statt sich den Kosten, Verzögerungen und Schwierigkeiten einer Vollstreckung des Gesamtbesitzes auszusetzen. Bei der Aufteilung der Konkursmasse hätten sie sicherlich auch nicht mehr bekommen.

Im Besitz aller Schuldtitel gegen Leôncio, und damit seines gesamten Vermögens, fuhr Álvaro nach Campos, um dort den letzten Akt einzuleiten. Ausgestattet mit allen Papieren und Dokumenten und begleitet von einem Gerichtsschreiber und zwei Gerichtsvollziehern, begab er sich persönlich zu Leôncios Haus, um ihm eigenhändig sein Verdammnisurteil zuzustellen.

„Verflucht!" hatte Leôncio ausgerufen, nachdem er aus Álvaros Mund die niederschmetternde Arrestmitteilung vernommen hatte. Nahezu von Sinnen, wollte er durch die Tür flüchten.

„Warten Sie noch einen Augenblick, Herr", sagte Álvaro und hielt ihn am Arm fest. „Was hatten Sie mit der Sklavin vor, über die wir vor kurzem sprachen?"

„Sie freizulassen, wie ich schon sagte", antwortete Leôncio unwirsch.

„Und noch etwas: Ich meine, Sie hätten auch gesagt, daß Sie sie verheiraten wollten. Verzeihen Sie mir die Frage, aber war sie etwa damit einverstanden?"

„Oh nein, das war ich nicht! Man hatte mich dazu gezwungen, Herr!" rief Isaura entschieden.

„Das ist wahr, Herr Álvaro", fügte Miguel hinzu, „sie hätte nur unter Zwang geheiratet. Herr Leôncio hatte ihr die Freiheit versprochen unter der Bedingung, daß sie diesen armen Mann heiratete, den Sie da sehen."

„Diesen Mann?“ rief Álvaro voller Entsetzen und Empörung, indem er den Homunkulus ansah, auf den Miguel mit dem Finger deutete.
„Jawohl, Herr“, sagte Miguel, „und wenn sie sich geweigert hätte, ihn zu heiraten, wäre sie für den Rest ihres Lebens in eine dunkle Kammer gesperrt worden, ohne jede Verbindung zur Außenwelt, an dickes Eisen gekettet, genauso, wie sie es während der Zeit war, seitdem wir von Recife zurückgekehrt sind . . .“
„Henker!“ schrie Álvaro. Er konnte seinen Zorn nicht länger zähmen. „Endlich erreicht dich die Hand der göttlichen Justiz und bestraft dich für deine ungeheuerlichen Grausamkeiten!“
„Was für eine Schande! Was für eine Schmach, mein Gott!“ rief Malvina, beugte sich über den Tisch und verbarg das Gesicht in den Händen.
„Arme Isaura!“ Álvaro streckte die Arme nach ihr aus. „Komm zu mir . . . Ich habe aus tiefster Seele und bei meiner Ehre geschworen, dich von dem entwürdigenden Joch zu befreien. Es war ein heiliger Auftrag, den mir wohl der Himmel zugedacht hat und den ich heute zu einem guten Ende geführt habe. Endlich rächt Gott durch meine Hand die geknechtete Unschuld und Tugend und vernichtet den Folterer.“
„Spielen Sie sich nur nicht auf, Herr!“ schrie Leôncio, wild gestikulierend, „dies ist nichts weiter als eine Niedertracht, gemeiner Verrat und Betrug . . .“
„Isaura!“ fuhr Álvaro mit fester und ernster Stimme fort, „wenn dieser Folterknecht noch vor kurzem deine Freiheit und dein Leben in Händen hatte und sie dir nur unter der Bedingung überlassen wollte, daß du ein unförmiges Wesen heiratetest, so gehören sie nunmehr dir; jawohl, denn jetzt liegen sie in meinen Händen, und ich übergebe sie dir. Isaura, nun bist du die Herrin, und er ist der Sklave; wenn

er nicht zum Bettler werden will, muß er an unsere Großzügigkeit appellieren."

„Herr!" rief Isaura und warf sich vor Álvaros Füße nieder. „Oh! Wie gut und großmütig Ihr zu dieser armen Sklavin seid! Im Namen dieser Großmut bitte ich Euch auf Knien um Vergebung! Vergebung für sie!"

„Steh auf, schöne Frau", sagte Álvaro und reichte ihr die Hände. „Steh auf, Isaura, nicht zu meinen Füßen, sondern in meine Arme, an mein Herz sollst du dich werfen, denn trotz aller Vorurteile der Welt halte ich mich für den glücklichsten aller Sterblichen, weil ich dir meine Hand zur Ehe reichen darf."

„Mein Herr", brüllte Leôncio mit schäumenden Lippen und wirren Augen, „da haben Sie alles, was mir gehört; Sie können Ihre Rachelust befriedigen, aber ich schwöre Ihnen, daß Sie niemals das Vergnügen haben werden, mich an Ihre Großzügigkeit appellieren zu sehen!"

Mit diesen Worten stürzte er sich in einen an den Salon angrenzenden Alkoven.

„Leôncio! Leôncio! Wohin willst du?" rief Malvina und stürzte ihm nach; sie war jedoch kaum an der Tür angelangt, als man die betäubende Explosion eines Schusses hörte.

„Ach!" schrie Malvina und sank zu Boden.

Leôncio hatte sich mit einem Pistolenschuß den Schädel zerschmettert.